中公文庫

ここだけのお金の使いかた

アミの会編
大崎　梢／図子　慧
永嶋恵美／新津きよみ
原田ひ香／福田和代
松村比呂美

中央公論新社

目次

ここだけのお金の使いかた

百万円分の無駄

新津きよみ

新津きよみ（にいつ・きよみ）

長野県生まれ。一九八八年『両面テープのお嬢さん』でデビュー。二〇一八年『二年半待て』で徳間文庫大賞を受賞。『女友達』『トライアングル』『ふたたびの加奈子』など多くの作品が映像化されている。主な著書に『夫以外』『ただいまつもとの事件簿』『セカンドライフ』『妻の罪状』など。

1

さっきから桜井《さくらい》絵里子《えりこ》の左手が気になっている。薄紫色のブラウスを着た彼女の左手首にはまっているのは、あれは……。

「エリちゃん、それ、ブルガリじゃない？」

いままさに純子《じゅんこ》の頭に浮かんだブランド名を、誰かが横から口にした。胸につけた名札の旧姓を読み取ると、「浜野《はまの》」とある。バレー部にいた浜野幸子《さちこ》だ。

「えっ？　あ、ああ、うん、そうだけど」

絵里子は、左手首を右てのひらで隠すしぐさを見せた。が、隠しきれてはいない。赤い文字盤が指の隙間から見えている。いや、はなから見せびらかす目的ではめてきたのだろう。七分袖のブラウスも、手首が目立つことを計算した上で着てきたに違いない。

「それ、高いんじゃない？」

浜野幸子は、好奇心を丸出しにして絵里子の手元をのぞきこむ。

「それほどでもないけど」

絵里子は、そう答えて肩をすくめた。

それほどでもなくはない。正規で買えば百万円近くするはずだ。女性誌の広告のページでまったく同じ腕時計を目にしたばかりだから、はっきり覚えている。

――なぜ、あの桜井絵里子がこんな高級腕時計を？

純子の頬《ほお》は、理不尽さで火照《ほて》った。彼女の名札には結婚後の現在の姓が書かれていて、旧姓はカッコで小さく添えられているだけだが、いまの姓が何であろうと関係ない。純子の頭の中では、あくまでも「自分より成績も運動神経も劣っていた桜井絵里子」なのだ。純子と同じように団地住まいで、暮らしぶりもほぼ同じだったはずだ。

それなのに、中学校を卒業して四十九年。再会した桜井絵里子は、ブルガリの腕時計をさらりとはめて同窓会に出席するほどのリッチな暮らしぶりになっているではないか。

純子は、腕組みをすることによって自分の腕時計を隠した。物持ちがいいことを理由に――それだけではなかったが――、新しいものは買わずに、短大卒業後の就職祝いに両親から贈られた国産の腕時計を使い続けている。合皮のバンドは数えきれないほど取り替えた。文字盤のガラスに刻まれた細かな傷は気にしないようにしてきたが、ブレスレット型のちょっと高級な腕時計をいつかほしいとは思っていた。純子の考える「ちょっと高級な」は、せいぜい十万円だった。そして、その「いつか」がこないままに六十四歳になった。

純子は、めまいを覚えるほど打ちのめされている自分に気づいて、桜井絵里子の周囲に生じた輪から離れた。

「あら、純子さん、今日、遠藤《えんどう》由美《ゆみ》さんは一緒じゃなかったの？」

不意に声をかけられて、純子はドキッとした。

名札の旧姓を確認すると、声の主は学級委員をしていた山根《やまね》敬子《けいこ》だった。当時のおかっぱ頭をそのままボブスタイルとして継承しているため、昔の面影がたっぷり残っており、すぐに記憶がよみがえった。ピアノが上手で成績も優秀、典型的な優等生だった。

「あ、いえ、卒業以来、連絡し合ってなくて」

誰とも誘い合わず、今日の同窓会には一人で出席した。来年から前期高齢者で年金生活に突入するという節目に、中学校の同窓生たちの「いま」を知り、自分の平均的な人生と比較して、ささやかな安堵感《あんどかん》を得る目的があっての参加だった。それなのに、安堵感を得るどころか、屈辱感と焦燥感を味わわされている。

「そうよね。女って、人生のステージでいろいろあって、疎遠になっちゃうものだから。結婚とか出産とか夫の転勤とか子供の学校とか、そう親の介護とかで。でも、まあ、いろいろあっても、この年になれば、ようやくゆっくりまた会えるわけだけどね」

聡明な山根敬子だけに、あまり深読みはせずに、女の人生について無難に総括して、純子が遠藤由美と一緒でない理由を自ら見つけてくれた。

——やっぱり、わたし、由美さんと仲がよかったと思われていたんだわ。

気の重さが増した。

「ああ、遠藤由美さんといえば、いまは西川口でイタリアンレストランを夫婦で営んでいるって知ってた？」

「……ううん」

「ほら、定年退職後のセカンドライフを特集する番組ってあるじゃない。ローカルテレビだけど、それに出たみたいよ。お店の名前は、『トラットリア・ステラ』だったかな」

「そう」

結局、遠藤由美の近況を仕入れただけで、前夜の寝不足もたたって本当に気分の悪くなった純子は、早々と会場をあとにしたのだった。

京浜東北線に乗って最寄り駅まで帰る途中、純子の頭に桜井絵里子の腕にはまっていたブルガリの腕時計が浮上してきた。自分の年季の入った国産の腕時計をしみじみと見つめる。そろそろベルトの取り替えどきだが、今回も合皮にしようか。

——いや、今度は……。

純子は目を細めると、くたびれた合皮の黒いベルトにゴールドとシルバーが組み合わさったメタリックなベルトを重ねてみた。細かい傷のついた文字盤は、赤から黒へのグラデーションの美しい艶やかな文字盤へと変化していく。ブランド名が神々しく刻まれた高級感あふれるまるで宝石のような高価な腕時計。

「わたしだって」

思わず低い声でつぶやいていた。わたしだって、ブルガリの腕時計くらい、いまなら買える。だって、百万円あるのだから。

2

「宝くじでいくらあたったら、あなたは口外しませんか？」

そういう質問が、女性誌のお金にまつわる企画の中でされていたことがあった。

——一万円や三万円なら「あたったよ」と、気軽に人に話せる。五万円、いや、十万円までなら「あたったよ」と言える。だけど、百万円あたったら、家族にも言わず、自分の胸にしまっておく。

いちばん多い回答は、「百万円」だった。

そのアンケート結果を見たとき、純子も〈なるほど〉と思った。当せん金が一千万円ともなれば、家族に黙っていられるわけがない。家のローンが残っていれば、ローンの足しにするべく夫婦で話し合わなければならなくなるだろうし、何か大きな買い物の予定があれば、やはりその場合も話し合いが必要になるだろう。一億円ともなれば当せんの確率はぐっと低くなるから、一億円あたった場合を想定するのは、杞憂《きゆう》というものだ。

純子は、一年に三回宝くじを買うと決めていた。年末ジャンボにバレンタインジャンボにサマージャンボ。バラで十枚。三千円。それ以上の無駄遣いはしない、と決めている。

あたるはずがない、あたったらいいな、あたってほしい。そう願い続けて十年。あたったときのリアクションは、何度も想像してみた。下一桁から一つずつ数字を確認していき、当せん番号と六つの数字、さらには組番号が同じだったときの驚き、興奮、狂喜乱舞するわが姿。「うっそぉ」と叫び、目を見開いて何度も数字を確認する。

だが、現実は違った。拍子抜けするほどあっけなかった。新聞に発表されたサマージャンボ宝くじの当せん番号の下二桁を暗記し、十枚のうちの何枚目かの宝くじを目にした瞬間、「あ、これ、あたってるかも」と直感したのだ。紙からオーラのようなものが漂っていた。組番号の下一桁「1」という数字も、瞬時に目に飛び込んできた。

三等百万円。

新聞に発表された六つの数字と、手元の宝くじの六つの数字を、何度も交互に見比べはした。見ているうちに、数字が変わりはしないかと恐れて。けれども、「うっそぉ」とも叫ばなければ、目を見開きもせず、狂喜乱舞もしなかった。

冷静な精神状態でいられなくなったのは、夫の浩次《こうじ》が福岡出張から帰宅したあとだった。

最初は、女性誌のアンケート結果がどうであれ、夫婦だもの、百万円あたったことくらい夫に話してもいいか、と思っていた。

だが、夫が帰宅するなり、居間のソファに倒れ込み、「あーあ、疲れた。安月給で年寄りをこき使うんだからな」と、大きな声でぼやき始めたので、切り出すタイミングを失った。

「再雇用の俺に出張させるなんてね。若手にいろいろ指導してくれ。そういう意味合いを兼ねての出張だったんだろうけど、それにしても、四割カットの給料でいままで以上にこき使われちゃあね。これが最後だと思うけど、ほとほと疲れたよ」

ぼやきながらも、言葉にまだ現役だというどこか誇らしげな響きが含まれている。

純子が台所から麦茶の入ったグラスを持っていき、「お疲れさま」と労《ねぎら》うと、

「時間があったから、あっちで大学の同期に会ったんだよ」

と、話したくてうずうずしていた様子で、浩次は声を張りぎみにして言葉を重ねた。

「そいつ、せっかく大手の企業に入ったのに、つまらんことで上司とケンカして辞めちゃってね。再就職がうまくいかなくて、その後の人生、大変だったらしい。結婚も遅かったから、少なくとも七十までは働かないとならないだろう。家のローンが残っているとか。子供もまだ下が大学生でさ。そいつから、小藪《こやぶ》のうわさも聞いたんだ。小藪は人も羨む一流証券会社に入ったはいいけど、リーマンショックのあおりを受けて倒産。妻子を連れて

実家に帰って、家業の工務店を継いだらしい。だけど、あまり経営状態がよくなくて、あちこち頭を下げて借金を申し込んでいるとか。奥さんも働いていて、子供も三人いて、生活は苦しいらしいよ」

「そう。いろいろあるのね」

はるか昔、結婚披露宴で挨拶された程度の夫の友人にさほど興味を覚えない純子は、そう応じて、「男の人も」と言い添えた。「女って、人生のステージステージでいろいろあって……」という山根敬子の言葉が想起された。

「それでさ、わが人生、あいつらに比べたらまんざらじゃないな、って認識させられた次第でね」

麦茶を飲み干すと、浩次はそう言って苦笑した。「だって、ほら、子供たちもいちおう大学を出してやって、自立させてやったし、家のローンは払い終えてるしね。来年から年金生活に入るわけだけど、二人で月二十四万円はもらえる」

「ああ、そうね」

その数字は、純子の頭にも入っている。

所沢市出身の純子は、短大卒業後、都内の鉄鋼会社に就職した。そこに二年遅れて入社してきたのが板橋区出身の浩次だった。キャリアでは先輩でも、年齢は同じである。飲み会や社内のレクリエーションの幹事を一緒にしたりしているうちに親しくなり、ともに二十五歳のときに結婚した。当然のように、純子は寿退社した。補助的な仕事が中心の女性社員は、社内結婚したら退職するものとみなされていたから、その慣習に従ったまでだった。

結婚二年目に娘が生まれ、その三年後に息子が生まれた。夫婦ともに三十一歳のときに、旧与野市内に4LDKの建売住宅を購入した。できれば都内の物件にしたかったが、経理課勤務の堅実な夫が「子供たちの教育費を含めた将来設計を考えると、住宅ローンの月々の返済額はこのくらいが妥当」と、細かな数値を出してきて借入額の上限を決めたら、埼玉県内にしか物件が見つからなかったのである。

子供たちに手がかからなくなってからは、パートの仕事をしたこともあったが、収入はどんなに多くとも世帯主である夫の社会保険の扶養枠内におさまっていたし、基本的には専業主婦としてやってきた。

あるとき、新聞の家庭欄に「平均的な家庭像」が描かれていて、四人家族のその家庭の家計費の内訳が、ほぼそっくりわが山田《やまだ》家の数字と同じで苦笑してしまったことがあった。

——わが家は平均的な家庭なんだ。

純子は、ずっとそう思ってきた。純子自身も父親は会社員で母親は専業主婦という家庭で育ったし、兄のいる四人家族だった。平均といえば、学校の成績も平均点よりちょっといいくらいで、運動神経も普通。背の順もつねに真ん中あたり。旧姓がよくある「田中《たなか》」

で、結婚後の姓が「山田」なのは、平均というより平凡と表現すべきだろうか。

専業主婦の純子は、来年以降は老齢基礎年金を受給できる。会社勤めをしていたあいだの老齢厚生年金と合わせて、受給額は年間八十数万円というところか。

「二人で月二十四万円は、平均よりちょっと多いくらいの額だね」

「平均」という言葉にとらわれていた純子の隣で、浩次がふたたび「平均」を口にし、満足そうにうなずいた。

純子の胸の中に小さなさざ波が起こった。「平均」よりちょっとばかり上を維持してきたとすれば、それはすなわち妻である自分の内助の功になりはしないか。

専業主婦として、できるかぎりの節約には努めてきたつもりだった。

年会費節約のためにクレジットカードは一枚にしたし、ポイントにつられた無駄買いを防ぐためにスーパーやドラッグストアも同系列の店舗と決め、それに伴ってポイントカードも必要最小限の枚数に絞った。いち早く格安スマホに切り替えもした。台所にかぎれば、冷蔵庫の庫内の温度設定を適正にし、扉の開閉を極力少なくするのはもとより、古い電話帳やチラシを束ねてハンガーに吊るし、食器についた油汚れを拭き取るためのキッチンペーパーとして使用したり、大根やカブのヘタを捨てずにとっておいて、豆苗《とうみょう》と並べて水耕栽培したりした。すべて水道光熱費や食費の節約のためだった。子供が小さいころは、ブラウスにあいた穴をアップリケを施して隠したり、靴下のほころびを同色の糸でつくろったりした。

「でも、二人で月二十四万円で足りるの？　生活していけるの？」

子供たちが巣立ったあととはいえ、心もとない数字という気がする。

「いや、足りないだろうね。ひと月二十四万円内でやりくりしようとすれば、必然的に足りなくなる。月によって、慶弔費などの臨時出費もあるだろうし、予想外に医療費がかかったりすることもあるだろうしね」

「足りない」と言いながらも、浩次の口調には余裕がある。

「貯金があるから大丈夫、ってこと？」

「まあ、そういうことだね」

と、ここも浩次は余裕のある口調で受ける。

純子は、頭の中で数字を転がしてみた。夫は六十歳でいまの会社を一旦定年で退職したときに、退職金をもらっている。二千四百万円という額が多いのか少ないのか、わからずに無反応でいた純子に、「そりゃ、大企業だともっと多いかもしれないけど、うちくらいの規模の会社ではいいほうじゃないか？　全サラリーマンの平均よりちょっと上くらいだよ」と、浩次は口を尖《とが》らせぎみにして言った。

――そうか、サラリーマンの平均的な退職金の額なのか。

だから、純子は、そう自分を納得させたのだった。夫が平均だと言えば平均だと。

その退職金には手をつけずにいる。専業主婦としての涙ぐましい節約術から生まれた預貯金を加えれば、現在山田家の不動産をのぞく資産は三千五百万円。二〇一九年の金融庁金融審議会による報告書にあった「老後に必要な資産額」の二千万円は、充分クリアしている。もっとも、金融庁はのちに「老後に二千万円の資産取り崩しが必要」という発言を取り消している。だが、一度庶民の頭に刻み込まれた数字は消えない。二千万円という数字が独り歩きし、純子の頭にもしっかり刷り込まれている。

本当は、貯金はもっとあった。しかし、七年前に娘の美波《みなみ》が「わたし、結婚するから。費用がもったいないから結婚式は挙げない。そのかわり、マイホームを買う」と宣言したときに、マンションの頭金として七百万円を出してやったのだ。その後も、初孫の誕生、第二子の誕生、と祝い金を預貯金から供出している。都内のＩＴ企業に勤務する息子の俊《とし》也《や》はまだ独身だが、交際している女性はいるらしい。美波によれば、看護師だという。結婚となれば、まとまった祝い金を出さねばならない。その俊也にも「仕事に必要だから」と言われて、新車代として二百万円を援助してやった。

「六十代の二人暮らし世帯の平均貯金額は、約三千万円。だけど、平均値というのは富裕層に引っ張られるものだから、実際にはもっと低いだろう。一千万円台か。だから、まんざらじゃないって。うちは、人生設計、うまくいったほうだろう」

浩次はそう説明すると、充足感を得たという表情でソファの背もたれによりかかった。

「そうね」

いちおう同調しておいた。いまの夫の頭の中には、人生設計に失敗した同世代の友人のことしかないのだろう。取締役まで出世した友人や、年に一回は海外旅行を楽しんで悠々自適に過ごしている友人のことなど眼中に入れたくないのかもしれない。

「で、どうだった？　中学の同窓会があると言ってたじゃないか」

ふっと身を起こして、浩次が聞いた。

「あ……ああ、仲のよかった人が来なかったから、早々に失礼してきちゃったわ。孫の話や親の介護の話や、そうでなければ病気の話ばかりでうんざりしたし」

「そうだろう。話題といえば、孫のことか病気のことか親の介護のことか。そういう年齢だしな。うちはもう親の介護からは解放されたわけだし、その点も順調にいったほうだろう」

浩次は、そう言ってため息をついた。

「そうね」

ふたたび同調して、純子もため息をついた。

この五年のあいだに双方の両親を見送っている。純子も浩次も兄が一人いるのが同じで、どちらも兄が結婚後に実家に住んでいるのも同じである。実家を二世帯住宅に建て替えたか、敷地内に別棟を建てたかの違いはあったが。そして、両親の死後に土地建物を含めてすべての遺産の相続を放棄したのも同じだった。純子も浩次も、両親の介護を兄夫婦に任せていたのだから当然だと思っている。

親の遺産をあてにはできなかったかもしれないが、老後を不自由なく暮らしていけるだけの資産を自分たちで築き上げたのだから、そのことを自負してもいいだろう、と純子は思っている。

「だから、再来年あたり、時間ができたら、そろそろ海外旅行してもいいんじゃないか？　最初は近場で、東南アジアのクルーズはどう？　大型船の中にいればいいから楽だしさ」

と、今度は、遠慮がちな口調で浩次が提案してきた。

「クルーズ旅行？　そうねえ」

気分が乗らない。海外旅行といえば、思い出すのが、一ドル二百十五円時代のハワイへの新婚旅行である。純子と浩次は、お揃いのラコステのポロシャツを着て、いまはなきパンアメリカン航空のビジネスクラスに乗ってハワイまで飛んだ。まわりは申し合わせたようにペアルックの新婚さんばかりだった。夫のジャケットと妻のスカートの柄がタータンチェックでお揃いという猛者《もさ》までいた。早朝空港に着いて、ペアルックでぞろぞろとお決まりの観光地を巡り、ノースショアでランチを食べたあと、ホテルに入って荷物をほどいた。

事件は、その夜起きた。部屋の鍵を室内に置いたまま、二人とも廊下に出てしまったのだ。

「閉め出されちゃった。どうしよう。誰か呼ばないと」

「そうだな。何て説明すればいいのか」

添乗員に連絡がつかず、オロオロしながら二人でロビーに降りて、カウンターへ行った。浩次が英語で説明してくれるものと思い込んでいた純子は、浩次を前に押し出したが、彼はモジモジしているばかりで言葉を発しない。

そこで、純子は、身振り手振りを交えながら、とっさに口にした。

「ルームキー、インサイド。ウィー、アウトサイド。プリーズヘルプミー」

ホテルマンは「オーケー」とにっこり微笑んで、無事対処してくれた。

純子の前で四大卒を自慢していた浩次である。きちんとした英語が出てこなかったことで、プライドが傷ついたのだろう。部屋に入ることができたのちに、純子の英語を「構文がメチャクチャだ」とけなした。純子にしてもおもしろくない。「通じたからいいじゃない」と言い返した。帰国の便では、ペアルックをやめて、アラモアナセンターで買ったそれぞれ違う柄のＴシャツを着た。それから今日に至るまで、浩次は一度も「海外旅行に行こう」とは言い出さずにいた。クルーズ旅行であれば、飛行機の乗り継ぎもないし、年齢層が高い客ばかりでサポート態勢も万全だから、英語力が乏しくても大丈夫だろう、と思ったのかもしれない。

「クルーズ旅行は……考えとくわ」

とりあえず、保留にしておいた。

3

――クルーズ旅行なんか絶対に一緒に行かない。

就寝前の肌の手入れをしていたときの夫のひとことで、純子の気持ちは固まった。

「そのしわ取りクリーム、いくらだったの？」

鏡に向かっていた純子に背後から聞いてきたので、

「えっ？　四千円くらいだけど」

と、千円安めに答えて、「いきなり、どうしてそんなことを聞くの？」と問い返したら、

「さっきは、二人でクルーズ旅行に行くくらいの経済的な余裕があるみたいなことは言ったけどさ、完全リタイアして年金生活に入ったら、いままでのようなぜいたくはできない。それをちゃんと心得ておいてもらわないとな」

厳しい口調の言葉が返ってきた。

「ぜいたくって……」

純子の頭に血が昇った。「いままでわたしが、どんなぜいたくをしてきたって言うの？

一生懸命倹約に励んできたわたしが。クリーム一つ買うのもぜいたく？ それに、しわ取りクリームなんて夢のない言い方、やめてよね。リンクルケアクリームって言って」

「リンクルイコールしわ。しわ取りクリームでいいじゃないか。で、しわは取れたのか？ 取れてないじゃないか。無駄な努力というものだな」

夫の冷笑した顔を、鏡越しに睨《にら》みつけてやった。

——百万円あたったことも、絶対にこの人には言わない。

そう心に決めた純子だった。

浩次に言われた「無駄な」という言葉が頭から離れずにいた三日後、美波から「保育園のお迎えお願い」メール、いわゆるＳＯＳメールがきた。保育園から二人の孫を引き取って赤羽のマンションで待っていると、九時過ぎに美波が会社から帰宅した。

「お母さん、ありがとう」

疲れた表情を隠さずに、美波は居間のソファに倒れ込む。そのしぐさが父親の浩次そっくりで、純子は笑ってしまった。

「あの子たちはもう寝かしつけたわ。夕飯も簡単だけど、作っておいたから」

「おお、ありがたや。お母さんはまるで神様」と、おどける美波。

「隼人《はやと》さんは遅いの？」

美波の夫は、池袋の住宅機器会社に勤めている。

「今日は迎えにいけるはずだったのに、急に打ち合わせが入ったんだって」

「あなたは、どうしてこんなに遅いの？」

「わたしだって、予定外の仕事が入ることがあるの」

日本橋の食品輸入会社に勤務している美波は、頬を膨らませて言う。

「お母さんだって、いつまでも元気でいられるわけじゃないし、いつでもメール一つで飛んでこられるわけじゃないのよ」

このあたりで、釘を刺しておいたほうがいいだろう、と純子は思った。

「えっ、どういう意味？ どこか移住するの？ 定年後のセカンドライフってやつ？」

と、不意に背筋を伸ばして表情を引き締める美波。

「違うわよ。いつまでも親をあてにしないで、夫婦できちんとやりくりしてね。そういう意味よ」

「そんなこと言われても――」と、美波は不満そうな表情だ。

「あなたにはこのマンションを買うときに、頭金を出してあげたでしょう？」

「それは感謝してる。埼玉に近いとはいっても、赤羽は東京なんだから、それなりに高かったのよ。わたしたちの資金力だけでは無理だったもの」

「お母さんもお父さんも年金生活に入るんだし、老後をゆっくり楽しんでもいい年なんだから、少し自由にさせてちょうだい。お母さんたちだって、あなたや俊也に迷惑をかけないように、ちゃんと老後の生活を考えているのよ」

　母親に突き放されたように感じて、ショックを受けたのだろうか。美波は黙って下を向いている。しばらくそうしていたが、きっと顔を起こすと、挑戦的な目をして口を開いた。

「あのね、隼人の両親は、孫のために生前贈与をしてくれているんだよ。年間百十万円までは非課税だから」

「あ……そう。それはよかったじゃない」

「だから、マンションの頭金のことをそんなふうに、いつまでも恩着せがましく言わなくてもいいじゃない」

「恩着せがましく？　そんなつもりはないけど」

　純子は吐息を漏らすと、リビングボードまで行き、飾ってある写真立てを手にした。そこに写っているのは、純子ではなく隼人の母親と孫たちだ。千葉の隼人の実家なのだろう。背景に大型テレビと観葉植物が写り込んでいる。テレビ台には、リボンが巻きつけられたカーネーションの鉢植えが飾ってある。美波が「母の日」に隼人の母親に贈ったものに違いない。

「ああ、それ、今年の母の日に、隼人の実家に遊びにいったとき撮ったの」

「豪華なカーネーションね」

　皮肉で言ったつもりではなかったが、ちょっと寂しい気はした。純子に贈られたのは、もっと小さな鉢だった。

「しょうがないでしょう？　お母さんとは血がつながってるけど、隼人のお母さんは他人。お姑さんにゴマをすっておくのは、生活の知恵、処世術だから」

「わかってるわよ。あなたも早く食べなさい。そろそろ帰るから」

　壁の時計を見て、純子はため息をついた。寝かしつけるまで五歳と四歳の年子の孫たちの世話をした上に夕飯作りまでしたので、さすがに六十四歳の身体にはこたえている。

「お母さん、俊也のことだけど」

　玄関まで見送って、美波が声を低くした。「新車なんか買ってないよ。安い中古にして、浮いたお金で彼女に何かプレゼントしたみたいだよ。ティファニーか何か」

「そう」

　身体中から力が抜けた。「無駄な」という夫の言葉に反発して、宝くじであたった百万円を、子供たちのために、孫たちのために、何か有効活用はできないものかと考えを巡らしていたが、どうやら自分が出る幕ではないらしい。

――無駄な、と言うのなら、いっそのこと……。

　無駄を極めてやろうではないか、と純子の脳裏に天啓めいたものが閃《ひらめ》いた。棚からボタ餅のごとき百万円である。もともとなかったものと思えばいい。

　いっそのこと、自分だけのために、限りなく無駄なことのために使ってやろう。

4

指定された銀行に行き、宝くじの当せん金を受け取る手続きを終えたのは、当せん番号の発表からひと月後だった。

それから、純子は、「無駄を極める作戦」を開始した。

まずは、しわ取りクリーム、もとい、リンクルケアクリームからである。

ＣＭを見て前々から目をつけていたＡ社の一本三万円するクリームを、デパートの化粧品売り場で購入した。エイジングケアに特化した商品で、美魔女として知られる同世代の女優が宣伝している。

結婚生活三十九年ともなればそんなものかもしれないが、美容院で髪を切っても、まるで気づかない鈍感な浩次である。値段を見ないかぎり、違いなどわからない。パッケージを破り捨てると、毎晩、寝る前に夫の前で、夫が言うところの「しわ取りクリーム」を顔に塗りつけて、「無駄な努力」を見せつけてやった。

いままでのクリームは、人差し指の先にちょびっとつける程度でケチケチと使っていたが、今度のクリームは指先でたっぷりすくい取り、目じりや頰の横のほうれい線に入念にすりこむようにした。そうした手入れを一週間続けたら、肌に弾力が生まれて、ほうれい線も薄くなってきた……ような気がした。

「ねえ、しわが薄くなってない？」

高いクリームに替えたことなどもちろん言わずに、夫に聞いてみたら、

「いや、全然。気のせいじゃないか？」

こちらを見もせずに答えたので、〈よかった、何も勘づいていない〉と純子は確信し、「無駄を極める作戦」の続行に意欲を燃やしたのだった。

クリームの次は、念願のピアスである。

――親からもらった身体に傷をつけてはいけない。

そういう考えの両親に育てられたためか、純子は耳に穴を開けることに抵抗があった。だが、デパートや駅中のアクセサリー売り場でデザインに目を奪われるのはピアスばかりで、〈わたしもいつか耳に穴を開けたい〉と思っていた。いまが、その「いつか」である。

電車内でよく広告を目にしていた美容クリニックを選び、「ピアスの穴を開けていただきたいんですけど」と切り出すと、若い男性医師は「山田純子さまは耳たぶの形がおきれいなので、ピアスがよくお似合いになると思いますよ」と、歯の浮くようなお世辞を返してきたが、そのお世辞も楽しむ心の余裕が生じていた。

麻酔をかけられたので、思ったより痛みは感じなかった。穴を開けたあとに、ファーストピアスとして透明なプラスチックのピアスをつけられて、「四週間ははずさないでくだ

さい」と指示された。

　セミロングの純子は、髪の毛で耳を隠せる。透明なファーストピアスにも、もちろん浩次は気づきもしない。子供のオモチャみたいな安っぽいイヤリングをつけてるな、くらいに思っているのかもしれない。入浴後にうっかり髪の毛をゴムで束ねて居間に行き、後ろ姿を浩次に見られてしまったことがあったが、髪型や化粧を変えても気づかない夫である、耳たぶの後ろの金具を見咎《みとが》められたりはしなかった。

　けれども、夫は騙《だま》せても、同性の娘を騙すことはできなかった。

　美波からＳＯＳメールがきて、孫たちを保育園に迎えに行き、赤羽のマンションで待っていた日、帰宅して純子の顔を見るなり、美波は母親の耳元に目をとめた。美波は、二十代のはじめに一度ピアスの穴を開けている。が、忙しさに紛れて手入れを怠っていたら、穴が塞がってしまったという。それ以来、耳には何もつけていない。

「お母さん、穴を開けたの？」

「そうよ」

「何で？」

「理由なんてないわ。ピアスにしたかったから。悪い？」

「別に悪いなんて言ってないけど……」

　母親の勢いに気圧《けお》されたのか、美波の語調が弱まった。

前回、「いつまでも親をあてにしないで、夫婦できちんとやりくりしてね」と、母親にたしなめられたのである。

――お母さんは変わった。本気なんだ。

美波は、そう悟ったのだろう。母親の変化を不審に思うと同時に、〈もう母親にＳＯＳは出せないかも〉と、不安にさいなまれたのかもしれない。

母親の様子をうかがうためか、次の休日には、子供たちを夫に預けて、一人で里帰りしてきた。そのときには、純子の耳にはセカンドピアスがはまっていた。

「お母さん、そのピアス……」

「ああ、これ？」

一つ七万円のダイヤモンドを両耳につけている。左右で十四万円。池袋まで出て、デパートの宝飾品売り場で選んだピアスだった。

「ダイヤモンドじゃないの？」

ダイヤモンドと聞いて、ソファで新聞を膝に広げたままテレビの将棋番組を観ていた浩次が、訝《いぶか》しげな視線を純子によこした。

「まさか、そんな高いもの、買えるわけないじゃない」

純子は、口に手をあてて笑ってみせた。「これは、ジルコニアよ」

「ジルコ……って何だ？」と、浩次。

「人工ダイヤみたいなやつ」と、美波。

「何だ、まがいものか」

ホッとした表情になり、浩次は視線をテレビ画面に戻した。

今度は、美波の目もごまかせたようだ。

「お父さん、お母さんがピアスにしたの、知ってる？」

だが、美波は、娘として母親に色気を出してほしくないのか、母親の変化の正体を知りたいのか、しつこくこだわる。

「ピアス？」と、眉をひそめる浩次。

「お母さん、耳に穴を開けたのよ。お父さん、気づかなかったの？」

と、美波は苛立《いらだ》った声を出した。

「えっ、そうなのか？」

浩次は、はじめて身体ごと妻へと向けると、「大丈夫なのか？　ほら、加齢に伴って皮膚も脆《もろ》くなっているというから、傷をつけたら、そこから細菌が入って感染症にかかるリスクが高くなるんじゃないか？」と、顔をしかめながら言葉を継いだ。

「大丈夫よ。きちんとしたところで穴を開けてもらったから。わたしが耳に穴を開けるのにあなたの許可がいる？　無駄遣いしているわけじゃないわ。安物のピアスをして悪い？」

「いや、別にいけないと言ってるわけじゃない」

浩次も、純子の勢いにタジタジとなっている。

おかしさがこみ上げた純子は、洗面所へ逃げ込んだ。

「ねえ、お母さんと何かあったの？　お母さん、最近、何か変だよ」

「別に何も……あ、いや、そういえば、しわ取りクリームなんか塗っても無駄だぞ、くらいは言ったかな。お母さん、気分を害したかもしれない」

「お父さん、ひとこと多いのよ。仲よくしてよね。お母さんに気分害されると、こっちにとばっちりがくるんだから」

鏡を見ながら笑いをかみ殺していると、半開きにしたドアから父と娘の会話が聞こえてきた。

息を整えてから居間に戻ると、美波がテーブルにウィスキーの箱を置いていた。

「これね、隼人の友達からもらったの。海外出張のおみやげだって。だけど、隼人はウィスキーは飲まないから、お父さんにと思ってね」

母親の様子をうかがう目的の帰省とは表立って言えないから、父親への手みやげを口実にしたのだろう。隼人の友達からもらったというのはうそで、安売りスーパーで見つけてきたのかもしれない。

「オールドパーの十二年、スコッチウィスキーだぞ」

浩次は、箱を持ち上げながら朗らかに言う。ヘソを曲げた妻の機嫌を取ろうとしているのだろう。

「よかったじゃない」

純子も笑顔で応じてやった。ハイボール派の浩次である。

「ふだんは、うちではトリスかホワイトホースか、よくてジョニ赤くらいだからな。オールドパーなんて久しぶりだよ。昔、景気がよかったころは、接待で日付けが変わるまで飲まされたものだけどな」

浩次は、妻の笑顔を見てホッとしたのか、宝物を撫《な》でるようにウィスキーの箱を撫でながら、快活に言葉を重ねた。

「ウィスキーの味って、銘柄によってそんなに違うの？」

「そりゃ、違うさ」

娘の問いに、浩次は、感じ入ったようにしみじみと答える。「まるで違う。年代物はこう……味に深みがあって、奥行きがあって、歴史を感じさせられて……。死ぬ前に一度でいいから、マッカランの年代物を飲んでみたいな。マッカランの十八年か、いや、三十五年を」

――そうだ。

ふたたび天から啓示が降りてきた。

5

純子は、化粧室の全身の映る鏡で身なりをチェックした。この日のために、大宮のデパートでスカートとカーディガンを新調した。「見たことない服だな」と、妻の服装になど無関心のはずの浩次が珍しく純子のマーメイドラインのスカートと、襟《えり》にレースのついたピンクのカーディガンに目をとめたが、「しまむらで買ったのよ」とごまかして切り抜けた。

腕時計のベルトだけは本革につけ替えた。足元は、めったに履かないヒールのある靴だ。それに、母の形見のビーズのバッグを合わせている。

化粧直しのあと、髪の毛を耳にかけて、ダイヤモンドのピアスを確認した。薬指には、久しくはめていなかったアコヤ真珠の大粒の指輪がある。三十九年前に、婚約指輪として浩次から贈られたものだった。「平均」にこだわる浩次が、「エンゲージリングは給料の三か月分」という宝飾品業界の宣伝文句を真に受けて、親から借りてまで購入してくれた指輪である。当時としては、高い買い物だったはずだ。純子の六月の誕生石に合わせて真珠を選んだ。それが、長い結婚生活の中で浩次からの唯一の高価な贈り物だった。

入り口で一度咳払《せきばら》いをし、気分を落ち着かせてから入店した。蝶《ちょう》ネクタイをしたバーテンダーのいる老舗ホテルのオーセンティックなバー。

店内は薄暗く、部屋の隅々に置かれた間接照明が大人の空間を演出している。いくつかあるテーブル席は、どれも男女のカップルで占められていた。

当然、純子はカウンター席に向かう。奥で一人グラスを傾けている男性客がいるが、彼から距離を置いて入り口近くの椅子に座る。

「いらっしゃいませ」

端整な顔立ちのバーテンダーに迎えられた。四十代くらいだろうか。

「何になさいますか?」

重厚なメニューブックを渡されて、たどたどしく表紙をめくる。カクテルの名前が並んでいるが、どれも飲んだことはない。酒が飲めない体質ではないのだが、浩次の晩酌につき合う習慣がないので、飲み慣れていない。

「あの……」

メニューのウィスキーの項目を探そうとしたが、老眼鏡がないと細かな文字が読めない。バッグが小さいので、老眼鏡は持たずに出てしまった。

「マッカランはありますか?」

奥の席の男性客が、ハッとしたようにこちらに顔を振り向けた。

「マッカランですね。ございますが、何年物がよろしいでしょうか」

しかし、プロのバーテンダーは動じない。姿勢を正して笑顔で聞いてきた。

「ええっと……十八年は？」

浩次の言葉を思い出して、年代を言う。

「こちらにございます」

バーテンダーは、数歩下がってガラス棚に陳列されたボトルのうちの一本を、上半身は前に向けたまま示した。そして、「十二年もございますが」と、その隣の琥珀《こはく》色のボトルに指をずらした。

「あの……十二年と十八年では、味がどう違うのかしら」

「それは、お客さまに飲み比べていただくのが一番かと思いますが、年数が長いもののほうが樽《たる》の中で熟成されてはおります」

「それじゃ、十八年を、いえ……」

浩次は確か、「三十五年」と言っていた。

「三十五年物はありませんか？」

一瞬の間があって、「ございますよ」と、バーテンダーが答えた。「メニューには載せておりませんが、ご用意してございます。とても希少なものなので」

バーテンダーは、陳列棚ではなく横の扉のついた棚から、ラベルにマッカランの英字と35の数字が表記されたボトルを取り出した。琥珀色の液体が三分の二ほどに減っている。

「どんなふうにお飲みになりますか？」

「ええっと、そのままで」

「そうですね、このくらい熟成されたものですと、しっかり味わうためにもストレートがいいと思います」

バーテンダーは言って、理科の実験のように小さなカップに慎重に移した琥珀色の液体を、きれいに磨かれたグラスに恭《うやうや》しく注ぐと、純子の前に静かに置いた。ケチってるの？と文句をつけたくなるほどの分量だ。

グラスに口をつけ、ひと口飲む……というよりなめてみる。

甘くてとろりとしていて、ちょっと苦い。

「マッカランの年代物を飲みたい、と言っていたんです」

バーテンダーの視線を感じて、グラスをカウンターに戻すと、純子は言った。「亡くなった主人が」

「……そうでしたか」

「死ぬなんて思っていなかったんです。人間の運命なんて、わからないものですね」

すらすらと言葉が出てきた。ああ、夫を殺してしまった。いま家で、純子が用意してきた夕飯を食べながら晩酌をしているというのに。美波からもらったオールドパーを炭酸水で割って、ちょっと高級なハイボールを楽しんでいるに違いない。「このあいだの同窓会に出られなかった友達と、大宮で会おうという話になったの。夜だけど、たまにはいいでしょう？　夕飯は用意していくから」。そう浩次に言いおいて、外出したのだった。

バッグから運転免許証入れを取り出し、膝の上でそこに挟まれた写真をちらりと見る。

「ご主人さまのお写真ですか？」

バーテンダーに聞かれて、はい、とうなずいた。いや、違う。運転免許証入れにいつも挟んでいるのは、雑誌のグラビアから切り抜いたKis-My-Ft2の玉森《たまもり》君である。

「だから、せめて、亡くなった主人のかわりにわたしがこうして。入手困難な高級ウィスキーだし、とてもじゃないけど庶民は飲めないから、と主人は言ってたんです。でも、命が限られているとわかっていたら、飲ませてあげたかった。一杯いくらしようと」

悲劇の未亡人を演じていたら、本当に目が潤んできた。そこで、純子は意を決して問うた。

「一杯おいくらですか？」

「二万五千円です」

ガーン、と頭を殴られたような衝撃を受けた。一気に飲み干してしまえる量の松脂《まつやに》を煮詰めたみたいな色の液体に、二万五千円も出すなんて。いま身につけているカーディガンとスカートの税抜き価格とほぼ同額である。色違いのモスグリーンのカーディガンとグレーのスカートも買えたではないか。

「本当に、死ぬ前に、ほんのひと口でも主人に飲ませてあげたかったです」

純子は重ねて言いながら、このお金で何が買えただろう、と頭に品々を思い描いていた。

6

夫が飲みたがっていた年代物のマッカランを飲んでやったというのに、「無駄を極めてやった」という爽快感は得られなかった。無駄なことをしてしまったという罪悪感のほうが大きい。

——なぜなのか。

純子は数日考えて、解決策を得た。

——そうだ、有意義な無駄にすればいいのだ。

週明けの昼前、京浜東北線に乗って西川口駅で降り、東口に出た。「トラットリア・ステラ」の場所は、ＳＮＳで調べてあった。今日が定休日でないことも。

駅から徒歩十二分。駅近とは言えない微妙な立地である。ここに、中学校時代のクラスメイト、遠藤由美が夫とともにイタリアンレストランを出店したという。同窓会で山根敬子が話していたローカルテレビの番組は、幸いにも再放送されたので、観ることができた。

現在の姓は「星野《ほしの》」になっていたが、それでもやっぱり、純子にとっては「遠藤由美」だった。

イタリア語で、「星」は「ステラ」だという。店名は名前からとったと、口元に昔の面影のわずかに残る遠藤由美が、番組内で語っていた。

平日のランチタイムで、店内は主婦らしき女性のグループで賑《にぎ》わっていたが、カウンター席が空いていた。

「こちらにどうぞ」

星の模様のエプロンをつけた遠藤由美が、笑顔で純子をカウンターに案内する。

一度だけ目が合った気がしたが、遠藤由美は、接客をしながらも店内に広く目配りしているせいか、純子の素性にまったく気がつかないようだ。

純子は、薄く色のついたサングラスに指を触れた。

数日前、左のまぶたの裏に違和感を覚えて眼科クリニックにかかったところ、結膜炎と診断された。目薬でまぶたの腫れはおさまったものの、充血ぎみの目を隠すためにサングラスをしてきた。それで、余計、わからないのかもしれない。もっとも、長い歳月が、中学時代の面影をほとんど消してしまっている。

ランチメニューのパスタからジェノベーゼを選び、グラスワインの白を注文した。

ほどなくパスタとミニサラダとグラスワインが運ばれてきた。厨房《ちゅうぼう》は夫、接客は妻、と役割分担がされていて、ドルチェの類は朝早くから妻が作ることになっているという情報は、番組から仕入れていた。

カウンターに並んだ料理とワインを見て、純子は大きく深呼吸をした。

――さあ、ここからだ。

まず、グラスの水をひと口飲む。バッグから文庫本を取り出して、ランダムにページを広げる。が、文章が頭に入っていかない。本を閉じて、バッグに戻す。また水を飲む。パスタを見つめる。刻まれたバジルが載っている。白ワインの入ったグラスを見つめる。レタスとプチトマトとブロッコリースプラウトのミニサラダを見つめる。水を飲む。パスタを見つめる。ワインを見つめる。ミニサラダを見つめる。そして、また水を飲む。パスタを見つめる。緑色のジェノベーゼはおいしそうではある。だが、食べない。ワインも飲まない。ミニサラダも食べない。五分が過ぎ、十分が過ぎる。食事を終えて、出ていく客たちがいる。

十五分が過ぎた。純子は、カウンターに置かれた伝票を見て、財布からおつりがいらないようにきっちり千八百円を用意した。席を立ち、レジへ行く。

「あの……何か不具合でもございましたか？」

手つかずの料理やワインに気づいていたのだろう。うろたえた様子の遠藤由美は、眉根を寄せて聞いてきた。

「いいえ」と、純子はかぶりを振る。

「ご体調がすぐれないとか？」

「いいえ」

「ジェノベーゼには松の実をすりおろしたものが入っています。もしかして、アレルギーがおありでしたか？」

「いいえ」

純子は、否定のセリフを繰り返すと、千円札一枚と五百円玉一つと百円玉三つをレジ横に置いた。

「まだドルチェとお飲み物がございますが」

遠藤由美の言葉を背中に受けながら、純子は店を出た。

歩調を速めて駅へと向かう。追いかけてこないかと振り返ったが、客のいる店から遠藤由美が出てくるはずがない。

駅に着くと、息が切れていた。全身の毛穴から汗が噴き出ている。化粧室に入り、動悸《どうき》を鎮めた。

――料理もワインも無駄にしてやった。

さぞかし、遠藤由美は動揺したに違いない。自分の接客が悪かったのか、料理が悪かったのか、いまごろ自問自答していることだろう。

それが、純子の考える「有意義な無駄」だった。

しかし……。復讐《ふくしゅう》を遂げたはずなのに、この虚《むな》しさは何なのか。料理もワインも無駄にしたが、それ以上に何か大切なものを無駄にしてしまったような気がして、どうにも心が落ち着かない。

そして、何よりも、空腹を覚えていた。おいしそうなジェノベーゼをひと口も食べなかったのだから。化粧室を出たら、駅構内の通路で北海道フェアが催されていた。冷凍のタラバガニを衝動買いしたのは、もやもやした気分を吹き飛ばすためだったかもしれない。贈り物以外では食べないタラバガニも、財布に余裕のあるいまなら買える。

その夜、食卓に解凍したタラバガニを出すと、「何でタラバガニなんだ」と、浩次は素《す》っ頓狂《とんきょう》な声を上げた。

「いいじゃない、わたしが食べたかったんだから」

「何かあったのか？」

「別に何もないわよ」

いまさら妻に興味を示さないでよ、と内心で夫に抗議しながら、カニの脚を一本手に取る。ナイフで切り込みを入れはしたが、殻が硬くて食べにくい。

えいっ、かぶりついちゃえ。純子は、オレンジ色の殻に歯を立てた。

7

「こぢんまりとしているけど、いい店だな」

と、浩次が店内を見渡して言った。

「でしょう？　一度来てみたかったの」

純子も店内を見回した。イタリアの大きな絵地図が、額に入れられて壁に飾ってある。この店に来るのは二度目だが、夜ははじめてだ。

「じゃあ」

浩次がワイングラスを手にして、高く掲げた。「誕生日、おめでとう」

「ありがとう」

純子もグラスを持って、夫のグラスに軽くあてた。

「乾杯。これで二人とも、前期高齢者の仲間入りだな」

ひと足先に六十五歳になった浩次が言って、肩をすくめた。

「六十五歳の誕生日祝いを、純子、おまえの好きなところでしよう」と浩次に言われて、「トラットリア・ステラ」にしたのだった。

真鯛のカルパッチョの前菜、じゃがいもの冷製スープ、と料理が運ばれてくる。夜のパスタ料理からは、あえて前回食べられなかったジェノベーゼを選んだ。メインの肉料理は牛ほほ肉の赤ワイン煮込みで、ドルチェはティラミスだった。

「全部おいしかったわね」

エスプレッソを飲み終えると、純子は言った。

歯の治療をすべて終えたあとだけに、一層おいしく感じられるのだろう。そう思った。

タラバガニの硬い殻で歯を折った純子は、翌日かかりつけの歯科クリニックへ行った。折れた歯は、虫歯になりかかっていて弱っていたのだという。その歯も含めて、以前治療してもらったブリッジ部分もインプラントに替えることにした。保険がきかないので、治療費は高額だった。当せん金の残金をすべて使い尽くしてしまったほどに。けれども、治療後のいまはすこぶる調子がいい。前期高齢者として、老後を生き生きと過ごす意欲がわいてきている。

「ああ、うまかった。コスパもいいしな」

せり出た腹を叩《たた》きながら、浩次も満足したようにうなずいた。

会計を済ませた浩次と一緒に店を出てから、「ハンカチ忘れちゃったわ。ここで待っててね」と、純子は一人で店に戻った。

「どうされましたか？」

テーブルを片づけ始めていた遠藤由美が顔を上げた。

「遠藤由美さん……ですよね？」

旧姓で呼びかけられて、遠藤由美——星野由美は、怪訝《けげん》な表情になった。

「わたし、中学校で一緒だった田中純子です。覚えてる？」

「えっ……」

その驚き方で、一瞬で思い出したのがわかった。

「去年、一人でランチにきたことがあったんだけど、そのときは、何だか胸がいっぱいで、ひと口も食べられなかったの。そのときのことを、由美さんにあやまろうと思って。ごめんなさい。じゃあ、主人が待っているから。おいしかった。ありがとう」

「純子さん、あの……」

星野由美のその先に続く言葉を待たずに、山田純子は店を出た。

8

星野由美は片づけの手をとめて、さっきまで田中純子が座っていた椅子に座ると、中学校時代を顧みた。

ディナーの予約は「山田」姓だったし、卒業から五十年近くもたっているので、田中純子の顔を見ても、普通のお客さまとしか思わなかった。名乗られなかったら、永遠に気づかないままだっただろう。

去年の秋、ランチに一人で訪れた同世代の女性のことは、忘れようとしても忘れられない。カウンターに座って、ジェノベーゼと白ワインを注文したのに、グラスの水以外は手もつけなかった女性。あれが、田中純子だったとは……。

――わたしは、嫌がらせをされたのかしら。

まさか、と由美はかぶりを振ったが、そのまさかかもしれない、と思った。

心あたりはある。

中学校に入学したとき、同じクラスになった田中純子とは席が近かったので、由美から話しかけて仲よくなった。二人ともクラスではあまり目立たず、おとなしい性格が似ていて、いつも一緒に行動していた。だが、授業や家庭科の実習で三人で組まないとならなくなったとき、由美はいち早く周囲の状況を見て取って、ペアが成立しているところへ行き、「入れて」と頼んだ。田中純子はあぶれて、もう一人あぶれた子と一緒に先生と組むことになった。学年全体の体育の創作ダンスの授業で五人グループを作るように言われたときも、同じだった。ちょっとモタモタしているうちに五人グループがまわりで形作られていき、由美はあせった。一緒にいた田中純子を放っておいて、素早く四人でいるグループを見つけ、そこに加わった。田中純子はまたもやあぶれ、四人プラス先生という構成のグループに入った。

二年で違うクラスになり、三年でまた同じクラスになった。「よかった、また純子さんと一緒で」と由美からふたたび接近し、教室移動のとき、トイレに行くとき、と一緒に行動した。けれども、体育の授業や理科の実験などで奇数のグループを作るように言われたときは、やはり同じ行動をとった。修学旅行の部屋決めのときもそうだ。「七人でひと部屋」と言われたので、最初は田中純子とペアを組んでどこかのグループに入るつもりでいたのが、気がついたら、すでに二つグループができていて、七人に一人足りないグループが「誰か入らない？」と周囲に呼びかけていた。余ったらよそのクラスの子たちと同室にされてしまう。遠慮して動かないでいるクラスメイトたちを横目で見て、「わたしを入れて」と、由美は六人のグループに駆け込んだ。

なぜ、そんなに一人あぶれるのが怖かったのか。いまになれば自分の心理を的確に分析できる。由美の母親は、違う学区で小学校教師をしていた。その母親の口癖が「誰からも必要とされる人間になりなさい。誰にも必要とされない人間が一番みじめだから」だったのである。おとなしくて、成績も中クラスの由美は、せめて「あぶれない」ことで母親の期待にこたえようとしたのかもしれない。

――何て幼かったのだろう。わたしは、純子さんを友達ではなく、単なる「キープ要員」にしていた。

一種のいじめと受け取られても仕方がない。由美は、口元に自虐的な笑みを浮かべて、厨房で片づけの手を動かしている夫に目をやった。

　そんな気の小さい自分を救ってくれたのが、夫だった。

　大学卒業後に就職した教育関係の教材を作る会社で、先輩社員から二歳上の体育教師の男性を紹介された。自分とは正反対の面倒見がよくて明るくて声も大きい彼に惹《ひ》かれて結婚し、子供を二人もうけた。家事に協力的な夫のおかげで、由美も六十歳の定年まで会社に勤めることができた。

「イタリアンレストランを開かないか」

　由美の定年退職を待っていたかのように、夫が切り出した。

「えっ、いきなりそんな……」

　食べ歩きが趣味で、料理が好きなのは知っていたが、夫にそんな夢があったとは知らなかった由美は、困惑した。

「いいじゃないか。由美はお菓子作りが好きだし、俺の大好物はパスタ。ワインにもくわしい」

　夫は、メニューはもとより空き店舗の場所まで調べていた。二人の退職金を合わせても、開店資金には足りない。銀行から借りないとならない。

「失敗したらどうするの？」

「一度きりの人生、やりたいことをやらなきゃ。ほら、勇気を出して」

尻込みしていた由美をそう励ますと、「じゃあ、こうしよう」と、夫は手を打った。「宝くじを買って、当せんしたら店を持とう」

「うん、いいわ。そうしよう」

どうせ、あたるわけがない、と由美は思った。だから、諦めることになるのだろう、と。

ところが、バラで十枚買った宝くじの当せん番号の発表日。

「あたったぞ！」

と、夫が一枚の宝くじを手に叫んだ。

「えっ、一億円あたったの？」

由美が夫の喜びようを見て、〈高額当せんしたのでは〉と色めき立つと、

「いや、三千円」

夫は笑って、手にした紙きれを振ってみせた。

肩透かしをくった由美だったが、夫のその突き抜けた楽天的な性格に賭けてみる気になった。

準備期間を経て、「トラットリア・ステラ」を開店。この秋で開店三周年を迎える。

「どうしたの？　ぼんやりして。さっきお客さんと話していたみたいだけど」

厨房から夫の声がかかった。

「ああ、忘れ物を取りにきただけ」

由美は、立ち上がって片づけを再開した。

「お疲れ。終わったら、おいしいワインを飲もうか。明日は定休日だし」

厨房から出てきた夫が妻の肩に手をかけ、労をねぎらうように揉《も》みほぐし始めた。

一生遊んで暮らせる方法

原田ひ香

原田ひ香（はらだ・ひか）

一九七〇年、神奈川県生まれ。二〇〇五年「リトルプリンセス二号」で第三十四回ＮＨＫ創作ラジオドラマ大賞受賞。〇七年「はじまらないティータイム」で第三十一回すばる文学賞受賞。主な著書に『三千円の使いかた』『母親からの小包はなぜこんなにダサいのか』『財布は踊る』、「ランチ酒」シリーズなど。

ＦＩＲＥとは……ファイナンシャルインディペンデンス、リタイアアーリーの略で、経済的自立と早期退職のこと。会社を退職しても、投資の運用益などで生活できる状態を表す。

そろそろふぁいやぁ太郎
プロフィール
30代サラリーマン／都内近郊／既婚／インデックス／ｉＤｅＣｏ・つみたてＮＩＳＡ／ポイ活／読書／旅行／毎日会社がつらいです／ブログやっています／不動産投資興味あります／ＦＸ仮想通貨興味ありませんので悪しからず／資産２８００万／皆でＦＩＲＥまで頑張りましょう／ふぁいやぁ太郎のブログ FIRE_tarotaro.com

私は小《こ》島《じま》珠《たま》美《み》、三十六歳。東京郊外の役所の戸籍課住民票係に非常勤で働いている。非常勤とは名ばかりで、実際には十七年も同じ場所で働いているベテランだ。最初はアルバイトだった。学生アルバイト。大学生の時、どこかでアルバイトしようとしたけどあまり華やかな場所やマニュアルばかりの職場は嫌だった。実家近くの図書館の掲示板に求人が出ていてこの場所にした。ちょうど、住基カードの制度が始まるころで、その整備のためにたくさんの学生や主婦が雇われていた。

それが終わるとほとんどの人がやめていった。私は役所の雰囲気が気に入って、そのまま別の部署などを転々としながら残った。というのは、当時はパートやアルバイトは三ヶ月ほどしか同じ課にいられなかったからだ。個人情報を含めたさまざまな情報の保護やアルバイトの常任化を防ぐため、などの理由があった。

大学を卒業する頃、役所の中に、アルバイトではなく非常勤職員という制度ができた。またベストのタイミングで私はそれに乗った。もちろん、公務員試験も受けたけど、一人二人の採用に何百人もの人が応募するという狭き門で、とても受からなかったのだ。でも、私はそんなに気にしなかった。一応、最低賃金は保障されているし、残業や休日出勤は強要されない。アルバイトにはなかったボーナスも、非常勤になってからは少し出るようになった。月収二十万でいろいろ引かれて手取り約十六万。多くはないけれど、女の子が実家から通うにはまあまあ悪くない給料だった。私は家に三万円を入れて、月五万ずつ貯金した。母が大学時代から変わらず弁当も作ってくれて、日々の生活にはお金はあまりかからなかった。

とはいえ、別に修行僧のような生活をしていたわけではない。時には新しい服やバッグも買ったし、友達と台湾に食と美容の旅にも行った。

非常勤は三年まで、という規則があったけど、それもまた裏技があり、三年すると、一ヶ月くらい休んでまた再雇用された。

それもまた、私が二十八の時、撤廃された。役所もそういう形だけの制度を維持する見栄さえ、張れなくなったみたいだった。予算は少なく、常勤の職員を採用することはさらにむずかしくなっていた。私のような非常勤職員がどんどん増えていった。個人情報の保護だとかなんだとか、そういうこともあってないようなものだ。

私は今、戸籍課で一番古い人間になっている。しかたない。職員さんは三年で異動することになっている。本来は、職員でなければ手を触れることができない情報がたくさんあって、私にはそれを見る権限はない。だけど、それでは仕事が回らないから係長とパスワードを共有している。係長は入所五年目の職員だ。もちろん、私よりずっと若いし、まだここに来て三ヶ月。こまかなことまでいちいち私に聞かないと、何もできない。

つまり、私はこの地域の戸籍のかなり奥まで手を突っ込める。人口は七万人ちょっとだろうか。このくらいだと、市民のことはだいたいわかるのだ。住民が思っている以上に、私たちは人の動きを熟知している。

とはいえ、だからといって、私が何かこの知識を使って悪事を働いているだとか、人の秘密を握っているだとか、そんなわけはないつもりだ。ただ、「知ってるんだよなあ」と思いながら日々を過ごしているだけだ。この課の中で一番古株だからといって、威張っているわけでもない。ただ、部屋の片隅で、課長や係長、一般職員の補助をしながら、静かに働いている。

固定ツイート
①本
②節約
③iDeCo
④ブログ
⑤積立NISA
⑥楽天経済圏
⑦ふるさと納税
⑧米国株S&P500
⑨インデックス投資
⑩自分で淹れたコーヒー
これが一生遊んで暮せる方法

今は職場にも実家にも近い賃貸マンションで夫と二人暮らしだ。築四十五年四十平米、家賃十万、古いけど、物の少ない私たちには十分な広さだった。

夫はメーカー勤務、地方出身の三十七歳。

役所の中には、テニスや卓球、ランニング、囲碁将棋など、各種のサークルがそろっており、組合からの補助もあってなかなか盛んだった。私は登山サークルに参加していた。そこに、先輩の大学時代の友達として参加したのが夫だ。サークルには男女の交流的な目的もあり、日頃から、登山が好きな人ならいつでも飛び入りは歓迎だった。私自身、大学時代の友人を連れて行ったこともある。

登山は性格が出る。せっかちな人、自分のことばかり考えている人、面倒見のいい人……夫はいつも後ろの方にいて、グループの全体を見ていた。その日は局長の奥さんが初めて参加していて、初心者の彼女のあとを歩いてずっとフォローしていた。若い女ではなく、既婚の中年女性に親切なのが印象に残った。優しい頼りがいのある人だと思った。

聞けば、大学ではかなり本格的な山岳部に入り、山岳耐久レースに出たことや海外の山にも登ったことがあるキャリアの持ち主だった。

「今も、本格的な登山をなさるんですか？」

下山したあと、皆で地元の温泉施設で汗を流し、食事をした席で私は尋ねた。登山サークルの人たちは気を遣って、独身のメンバーを同じテーブルにしてくれたのだった。

「いえ……今は趣味程度です。お金もかかるので……」

彼は控えめに答えた。

「でも、学生時代は海外の山も登ったんですよね？　お金、めちゃくちゃかかったんじゃ？」

私は無邪気を装って尋ねた。うまくいけば、彼の金銭感覚と資産状況を知れるかもしれないと思って。あんまり浪費家の人は嫌だった。

「大学の山岳部にはスポンサーが付いていましたし……卒業生に起業して成功した人がいて、いろいろ援助してくれたんです……自分でもアルバイトをして、そのお金をつぎ込んでいましたし」

「すごいですね」

彼は少し遠くを見てつぶやいた。

「あの頃は本当に馬鹿でした」

私はその言葉を誤解していた。登山に熱中したことをイコール馬鹿、登山馬鹿という意味で言ったのかと思ったのだ。

その勘違いを私はのちのちまで引きずることになる。

でも、その時は気がつかなかった。彼と次の約束を取り付けるのに、精一杯だったから。

これからの時代はますます「お金の知識」が必要になっていくでしょう！
お金の知識を増やせば、資産も増える！当然のことです！
皆で一緒に頑張りましょう！

戸籍というものはすべての源《みなもと》だし、住民票はその年若い弟のようなものだ。

夫と出会った翌日、私は当然、住民票で彼を確認した。市内のどのあたりに住んでいるかはさりげなく尋ねていたから、そんなことは造作もない。

小島幸太郎《こうたろう》、生年月日から計算するに三十一歳。

賃貸アパートに一人暮らし。年齢なども嘘《うそ》はない。別にそれ以上のことを詮索する気もなかったし、できるわけでもない。私は住民票探偵ではないのだ。

とはいえ、ちょっと意外だったのは、彼の住まいの名前だった。

若竹荘《わかたけそう》一〇二号室。

若竹という、一見成長を表す名前だけど、漢字と「荘」はその逆を示している。グーグルで検索して、すぐにそこが古びた木造で、大家さんの庭の一部に建てられた、風呂なしのアパートだ、ということを知った。家賃は二万八千円。

なぜ、こんな場所に住んでいるのだろう。

駅から近いならともかく、十五分もかかる。彼は健脚のようだからあまり気にならないのかもしれないが。

一抹《いちまつ》の不安はあった。もしかして、大きな借金でも抱えていて、こういう場所に住まざるをえないのではないか、と。

心配は杞憂《きゆう》に終わった。

次の週末、都内の美術館で会ったのだが、その後イタリアンレストランで食事をしながら彼が倹約家で、住むところにも着るものにもあまり関心がない人だということがわかった。

「今、住んでいるところは風呂はないですが、歩いて数分のところに銭湯がありますし、大家さんがとてもいい人なんです。大家さんの家とは庭をはさんで同じ敷地内にあります。その庭も結構広くて、季節の花……春は沈丁花《じんちょうげ》、夏はノウゼンカズラ、秋はキンモクセイ、冬は椿が順繰りに咲くんです。庭を見ているだけで四季を感じます」

「素敵ですね。駅までの道のりも良い運動になるでしょうね」

私は思わず、彼の部屋が駅から遠いことをすでに知っているとバラしてしまったのだが、彼は気がつかなかったようだ。

夫は昔からしっかりしているようで、そういうちょっと抜けたところがある。

「ええ、そうなんです。ジムなんか必要ありません。会社も自分の課は五階なのですが毎日歩いて上がります」

美術館には私が誘った。友人がそこの広報をしていて、招待券をもらっていたのだ。会う口実ができて本当によかった。

夫はまあまあ背が高い。百八十には少し欠けるが、日本人男性の平均身長からしたら上等だろう。太ってもいない。大学も都内の有名私大卒、年収は五百万より少し少ないくらい。イケメンではないが、人を不快にさせるような顔でもない。私には十分だ、と思った。ありがたいことに彼の方もそう思ってくれたらしい。

一回目のデートで、私たちはわりに率直にお互いの経歴について話した。もちろん、表面上は雑談に見えるようにして。彼は、私が都内の大学を出て、役所に勤めていることには満足したが、それが非常勤で、年収は二百万円台だということには明らかに落胆していた。ただ、福利厚生は常勤とあまり変わらず、産休も取れるし、非常勤の分、残業や休日出勤はなく、比較的休みは取りやすい、ボーナスも出るということを少し大げさに主張して、気を取り直させた。

お勘定のところで私は半分払うと主張したが、彼は千円だけ受け取って、残りは払ってくれた。

「サイゼリヤって安いんですね」

私はレシートを見ながら思わず言った。

「ええ、知りませんでしたか？」

「実家暮らしで外食はあまりしてこなかったので」

何気なく口にした言葉だったが、それが結婚の大きな決め手になった、とあとで彼から聞かされた。贅沢《ぜいたく》はせず、自然に割り勘にしてくれる女子が彼の好みだったらしい。

配偶者の選択というのは、投資人生において最も大切なことかもしれません
結婚後も働いてくれるのか、料理ができるのか、浪費家ではないか、見栄っ張りではないか…
しかし、何より大きいことは不義の心配はないか、ということです。離婚ほど大きく資産を減らす事はありません
つまり地味な女がいいのです

朝、六時には起きてお弁当と朝ご飯を作る。
その時間に合わせてご飯は炊き上がっているので、弁当箱に詰めて冷ましておく。卵焼きかゆで卵か、卵料理は必ず入れる。別に好きだからとか得意だからとかではなく、単に簡単に場所を埋めてくれるからだ。そして、肉料理はだいたい鶏もも肉か胸肉か豚こま肉を日替わりで味を変えて入れる。今日は豚の生姜《しょうが》焼きにした。醤油《しょうゆ》とみりんを同量、それにチューブの生姜を少々。

ここまではそう悩まずに作れるのだけど、いつも面倒なのが野菜料理だ。弁当に入れられる野菜料理は限られる。水分が出ないようにしないといけないし。今日は小松菜があったので、卵と一緒に炒《いた》めた。卵料理が重なってしまうと作り始めて気がついた。自分でも意識せず、ちっと舌打ちが出た。

お弁当作りがおおかた終わると、朝ご飯用に食パンを焼いて、スクランブルエッグとウインナーかベーコンを添えた。

その頃には夫が起きてくる。彼はコーヒーを淹《い》れてくれた。とはいえ、コーヒーメーカーにセットするだけだ。それが落ちている間に、顔を洗ってひげを剃《そ》る。すっきりした顔の彼は、できあがったコーヒーを二人分、カップに注いだ。残ったものはマグボトルに入れて、会社に持って行く。彼がコーヒーを毎朝淹れてくれるのはむしろこのためだということを私は知っている。

「いただきます」

七時のニュースを観ながら、特に会話もなく朝食を食べる。

いただきます、という言葉には、すでに「ありがとう」の意味も込められているんだという蘊蓄《うんちく》を結婚当初、彼が語っていた。それで、お礼も節約しようと思っているのだろうか。

ふと、朝と昼で卵を一人二・五個食べていると気がついたが、彼は何も言わない。わかっているのかもしれないし、まったく気づいていないのかもしれないし、あまり気にしていないのかもしれない。まあ、彼の健康体型では関係ないのだろう。

「また税金が上がるのかなあ」

彼はニュースを観ながら顔をしかめた。これが起きてから挨拶以外で最初に発した言葉だった。

「どうかしらねえ」

私は正規じゃないけど、一応、公務員だから控えめに答える。給料の原資は皆様の税金からだとちゃんとわかっているのだ。

彼もたぶん、わかっているはずだけど、そういうところにはあまり気を遣わない人だ。彼の妻の給料がどこから出ているか、なんて。税金をディスることはイコール妻をディスることだとは考えもしないらしい。

「今度、つみたてＮＩＳＡの枠が増えるらしいけど」

「あ、そうなんだ？」

私が何気なく聞き返しただけで、彼から怒濤《どとう》のように言葉が流れてきた。

「知らなかった？　まあ、まだ正式に発表したわけじゃないから普通の人は知らないか。ネットではめちゃくちゃ話題になってるよ。今まで年間四十万、二十年っていう枠が税金免除だったんだよね。それだと、毎月積み立てられるのは四十万を十二ヶ月で割って３・

３３３３３３３……つまり、三万三千三百三十三円ずつできっちり分けられないのが意味不明だったんだけど、来年くらいから六十万に増額されるという噂《うわさ》がある。つまり、月に五万ずつになるわけ。さらに二十年が無制限になるらしい。二十代から満額積み立てれば、四十年後には少なめに年利五パーセントで計算してなんと、七千六百三十万にはなる計算なんだよね。将来の老後資金には十分だし、三十年……つまり五十代には四千万以上になる。世界株や米国株なんかの投信だったら、年間四パーセント、つまり、百六十万ずつ使っても、元金は減らない計算になる」

　知ってる。つみたてＮＩＳＡの新しい制度はともかく、あとの方は夫から何度も聞いていたから。

「だいたい六パーセントには上がるだろうし、四パーセントずつなら元金は減らないから、もう働く必要なんてないわけ。いわゆる、ＦＩＲＥ、経済的自立と早期退職がかなう」

　彼はＦＩＲＥというものについていつも話している。彼によると、全金融資産を年間四パーセントずつ使うということがＦＩＲＥの最も大切なルールだそうだ。

　私も最初聞いた時は、なぜ「火事」がそんなに好きなのかわからなかったが、今はちゃんと理解している。

　トーストをかじりながら適当に聞き流し、うなずいて見せた。

「よかったね」

「だけど、きっと落とし穴がある」

彼はまた顔をしかめた。

「なあに？」

「たぶん、政府は、というか、この場合財務省だけど、きっとこれとセットで増税案を出してくるはずだ」

「ふーん」

「株や投資信託の運用益にかかる税金は今は二十パーセントだけど、きっとこれを三十パーセントにしてくるだろうなあ」

「それって、悪いの？」

「ＦＩＲＥ勢としたらね」

「でも、今、あなた言ったじゃない？　つみたてＮＩＳＡだけで十分だって」

「だけど、本当のＦＩＲＥ目指している人たちは何千万、何億も持ってる人も多いから、つみたてＮＩＳＡ枠なんて簡単にはみ出しているよ」

「そう？　でも、まあ、人が皆、ＦＩＲＥ？　なんかそれを目指しているわけではないだろうし」

彼はちらりと私の方を見た。何かを探っている目だった。私はさりげなく目をそらし、ニュースを観ながらつぶやいた。

「……午後は雨になるみたい」

彼は今度は、自分は絶対に折りたたみ傘を持ち歩くから大丈夫、と力説した。そして、それをせずに、ビニール傘を買う人たちがどれだけ馬鹿かを語り始めた。東京の降水日は全体の三十一パーセント、約百十三日らしい。折りたたみを持ち歩かずに一本三百円の激安の傘でも三万三千九百円かかる。それを毎年積み立てたら二十年でも百万以上になるそうだ。

私はむしろ、雨のたびに傘を持ち歩かなくても、二十年で百万しかかからないんだなあ、と考えていた。朝から降っていたら長い傘を持って家を出るだろうし、傘なんていらない小雨だってその三十一パーセントには含まれているだろう。

投資をしている人で、飲み物を買っている人はもういないよね？
ペットボトルなら最低でも百円、スタバなら四百円
私は毎朝自分で豆から淹れたコーヒーをマグに詰めて会社に持って行きます
これなら侘《わび》しさもありませんし、会社では私はコーヒーの味がわかる人、という扱い（笑）になっています

ふぁいやぁ太郎さん、すごいです！

コーヒー豆から淹れるなんて
謙遜必要ないですよ。十分グルメです！
でも、コーヒー豆だと余計にお金かかりませんか？
いえ、業務スーパーなら二百グラム三百円台からありますよ
本当はドケチなんですけどね(^^;)
朝、コーヒーを淹れる利点はもう一つあります
奥さんの機嫌がとてもいいことです！

ふぁいやぁ太郎さん、さすが！


彼はさっさと私が作ったお弁当を通勤バッグに入れて出て行った。

私は朝ご飯を食べたあとの食器を洗い、コーヒーメーカーからコーヒー豆のかすを捨てて容器を洗い、炊飯器に残った白飯を専用のプラスチック容器に詰めて冷凍庫に入れた。

そして、身支度をして、家を出た。

まあ、私の方がずっと職場が近いからしかたがない。自転車で十分以内に着けるけど、彼の方は四十分以上かかるのだ。

昼、職場で自作のお弁当を食べていると、「小島さん、偉いですねえ。毎日、お弁当作ってきて」と若い係長に褒められた。

「夫が必要なので、ついでに自分の分も作っているだけです」

係長の方はコンビニで買ってきたらしいおにぎりを頰張《ほおば》っている。おにぎり二個にカップ麺というのが定番だ。おにぎり百二十円で二個、カップ麺百五十円とすると、だいたい一食三百九十円、一週間に五日間それを食べるとして……と夫のように計算しそうになって、慌ててやめた。

最近、職場では無の境地です
別に不満も漏らさないし、同僚とほとんど会話もしません
孤立してるのかもですが、いつかこんなところやめてやると思っていれば我慢できます
その時驚く彼らの顔を想像していれば……

結婚してから、私がそれまで貯金していた分も含め、夫婦で投資に関する口座は一緒にすることにした。夫の強い勧めがあったからだ。

「たまちゃんのお金も僕が管理してあげるよ」

三十二歳で結婚した時、私は五百万近い貯金があった。それを百万を残して彼に渡し、

一緒に投資してもらっている。

「日本は夫婦名義の口座を作ることができないから、便宜上、僕の名義でいいよね？　本当に日本は遅れてるよ。厚切りジェイソンが言ってたけど、アメリカでは夫婦で一緒にすることが普通だし。なのに日本では夫婦名義の口座さえ作れない」

　さらに結婚後の貯金分は彼に渡してそれもまた投資してもらっている。夫婦の共同財産だ。

　とはいえ、決して彼が一方的にお金を取り上げて、すべてを管理しているというわけではない。

　私にも証券口座を作ることを教えてくれて、つみたてＮＩＳＡ枠で私も月々三万三千三百三十三円を積立投資し、さらにｉＤｅＣｏも満額の二万円を投資して、それらは当然、私の名義になっている。

　給料は相変わらず、手取り約十六万ほどだから、生活費やお小遣いを除いたら残りは数万、それを彼に渡しているだけだ。

　それに、一ヶ月に一回は証券口座をすべて見せてくれて、ちゃんとどのように投資がなされているのか、報告してくれている。

　彼はそれを「人生の会議」と呼ぶ。

人生の負債
①車
②住宅
③妻子供
④生命保険
⑤貧乏な親戚
他にありますか？　教えてください（笑）

ふぁいやぁ太郎さん、大胆ですねー。自分にはそこまでは言えません（笑）

いえ、冗談ではありませんよ
ほぼ本心です
妻は働いてくれている間は大切なパートナーですが、子供ができたりしたら、産休を取れるとはいえ、前と同じようにはできないでしょうし、というか、できなくなったら即負債です
幸い、まだ子供はいませんが、自分の人生をどうコントロールするかは大切な問題です

夫は会社が嫌いなのだなあ、ということは結婚前からうすうす気づいていた。ＩＴ企業でシステム関係の仕事ができるつもりで入社したら、営業職に回されてしまった。あまりやりたい仕事ではない、ということはよく言っていたから。

ただ、ここ数年でそれは加速したように思える。

三年前にリーダー長という役職になったのだが、これがいけなかったらしい（リーダー長というのはよくわからないが、私たち役所に合わせるとたぶん、課長クラスよりちょっと下、というところだろう）。たいして給料は上がらなかったし、残業代ももらえないのに、他の人の尻拭いを押しつけられるようになったそうだ。

夫は一見、おとなしくて、穏やかな人間に見える。実際、何かを頼んでもあまり断らないから仕事はどんどん増える。しかし、温厚な人が得てしてそうであるように、本当はかなり意思が固いし、一度決めたらとことんやりぬくし、嫌なことは絶対にやらない人だ。

深夜にげっそりした顔で帰ってきて、土日に出勤しなければならない時はいつもぶつぶつ呪詛《じゅそ》の言葉を吐いている。あまりにもつらくて、私が作ってあげる弁当のことにもほとんど感謝の気持ちがわかないようだ。

この会社とはできたら一年、長くても数年でおさらばしたいです
いつまで自分が持つか、わかりません

ＦＩＲＥのために資産を増やすため、それだけがここにいる理由です

ふぁいやぁ太郎さん、わかりますよ！
自分も本当につらいです

同感していただける方がいて嬉しいです
バブル世代の上司がとにかく仕事を全部自分に振るのです
少しでもミスをすると強く当たってきます
そのくせ、なぜか、二十代の若者たちには甘く、猫なで声で飲みに誘っています
あいつらが遊んでいる時に自分が仕事をさせられていることが耐えられないんです

ふぁいやぁ太郎さん、それはちゃんと会社の人事なり、上司なりに言うべきでは？

ふぁいやぁ太郎様、いつもツイート見せていただいています
初めてリプしますね、ご不快だったら無視してください
それはちゃんと上司に相談した方がいいかと思います
ふぁいやぁ太郎様だけが我慢するのはおかしいと思います

突然のリプ失礼しました

いえいえ、失礼だなんてとんでもありませんよ！
ご意見、アドバイスいただいてありがとうございます
ここに書けて、少しほっとしました

しっかり休んだ方がいいですよ
今夜はよく寝て、明日、上司にご相談なさったらどうでしょうか

皆様、昨夜は私のつまらない愚痴に付き合っていただいてありがとうございました
おかげで気持ちが少し楽になりました
会社の上層部に話す件は少し考えます
まあ、こんなところにいるのもあと数年、早ければ数ヶ月だと思ったら、もう何か行動を起こすのも面倒ですしね

会社に入って数ヶ月で、夫は仕事に絶望したらしい。それから、会社にいるのは給料のためだけだ、と言う。

私はどうだろう？　正直、給料には満足していない。新任の係長よりは働いていると思うが、彼の方が百万以上は年収が高いだろう。

とはいえ、戸籍課の仕事は嫌いではない。

私は物事がきちんとしているのが好きだ。部屋も役所のデスクもきれいに片付けている。そういう自分にとって、絶対に混沌《こんとん》が許されない戸籍や住民票というのはとても合っている職場だと思う。自分が働いてきた時間の、半分くらいしかキャリアのない人間が上の立場で倍以上の年収を稼いでいるのはちょっと頭にくるけれども。

とはいえ、ただ一つ、許せないことがないわけではなかった。

一年ほど前、戸籍上は二百歳以上の女性が見つかった、ということが関西で発覚し、世間で話題になったことがあった。驚いて部長に尋ねると、そういうことは結構あって、例えば戦争中に一家で亡くなり、家も燃やされて何も残らず、親戚もいないまま、残っている戸籍というのがあるという。

「うちにも結構あったと聞いていますよ。前の部長から引き継ぎを受けています。でも、小島さんなんかが来るずっと前のことです。手書きの戸籍簿から電子に変えた時に、その時点で世界の最高寿命以上の年齢の人たちのものは反映させませんでした」

「その人が実在の人かどうか、確認を取ったんですか」

「いいえ。役所がこちらから連絡を取ることは基本的にありません。昔もなかったし、今はもっとないです。そういうことがあると知られれば、詐欺などに利用されることもありますからね」

「その人たちの戸籍はどうなっていますか」

「手書きのまま、古い倉庫に入っています。何かあった時に確認できるようにね。でも問い合わせがあったことは一度もないです。大丈夫です」

私はそれを聞いて、急に落ち着かない気持ちになった。この役所の中に、きちんと整理されていない、不確かなものがあるなんて。

「それは役所の、今の戸籍のネットワークには絶対に入ってないんですよね？」

「まあ、大丈夫かと思いますが、何人かはその時の網をくぐって、残っている人もいるかもしれません」

さらにゾッとした。

「調べないのですか！」

部長はちょっと肩をすくめた。

「調べて何になります？　そのままにしておいたところで、誰も困ることはありません。きっと数人でしょうし。そして、万が一、見つかったら大騒ぎになります。その人の住所に訪ねていってもたぶん、そこにあるのは別の人の家です。誰にも行方はわからないでしょう。聞き回ってもわからないかもしれません。そして、下手をしたらマスコミに漏れて大騒ぎされるかも」

「検索をかければすぐに見つかると思いますけど！」

「だから、見つけたところでどうにもなりません。戸籍抹消は身内でもない限り、ものすごく大変な労力がいります。たぶん、市長の決済が必要だし、そんなこと、今の市長は絶対やりたがらない」

部長の言うことはわからないでもなかった。

だけど、ほんの少し、私はここで働くのが嫌になった。あんなに気に入っていた職場だったのに。

とはいえ、他にこれほど自分に合った場所はない。民間の職場に行ったら、きっともっと混沌としているはずだ。

私はそれからずっと腹を立てながら、ここにいる。

ずっと考えていたＦＩＲＥ計画ですが、少し早めに実行することになるかもしれません

もう、会社に我慢ができなくなってきました

ふぁいやぁ太郎さん、すばらしいです！

自分はもう少し先になるかと思います

ご家族はなんておっしゃっているんですか

うちは子供もいるし、妻は会社をやめるなんて、とても許してくれそうもありません

うちは子供がいないので、その点は気楽ですね

妻はもうよくわかってくれています

理解のある奥様でうらやましいです！

最近、三千万くらいの資産でＦＩＲＥできる！とかできた！とか言ってるやついるけど、本当に大丈夫なのかね

利回り四パーとして、年間百万と少しくらいの金でどうやって食べていけると思っているんだろう、こいつとかな

子供がいないから、とか言うが、子供もなし、家もなし、車もなしなのは人生の損失だと思う

俺はそんな人生、絶対にいやだな

すみません、私のツイートにかぶせてリプするの、やめてもらえますか

そういう話は自分のところでやってください

ふぁいやぁ太郎さん、気にすることないですよ！

こういう輩《やから》は本当に幸福なら、絶対、人にこんなことを主張して、他の人に見せびらかしたり、同意を得たりしなくたっていいはずですから

十一月末の金曜日、やっぱり遅く帰ってきた夫は真っ青な顔で「ちょっと話があるんだけど」と寝室にいた私に言った。

すでに十二時を過ぎていて、私はうつらうつらしながら、夫の帰りを待っているところだった。

「……あ、お帰りなさい。お疲れ様」

「うん」

「お風呂入ってきたら？」

「うん」

「ご飯は？」

「まだ」

夫がお風呂に入っている間、私は簡単にご飯を用意した。なんでも好き嫌いなく食べる

夫だが、疲れている時だけは別だ。倹約家だから、食べ物を残すのは嫌がるけど、本当は白いご飯は喉を通らないときがある。そういう時は麺類を欲しがる。

私は特売時に買い置きしてあった、とっておきのインスタントラーメンに、野菜と豚の切り落とし肉をたっぷり入れて作った。彼がお風呂から出る時間を見計らいながら……。

うちではインスタントラーメンは贅沢品だ。

「いただきます」

ラーメンを前にすると、夫は顔を輝かせてそれを盛大にすすり始めた。

「大丈夫？　疲れたの」

「うん」

彼はラーメンを三分の二ほど食べたところで顔を上げた。

「……仕事をやめようと思ってるんだ」

「え？」

彼はそこから怒濤のように話し始めた。

上司がひどい（知ってる）、自分にばかり仕事を振って知らん顔だ（知ってる）、でも手柄は独り占めだ（知ってる）、そのくせ簡単に「ありがと」と言うだけでろくにお礼も言ってくれない（知ってる）、なのに、後輩たちは引き連れて飲みに行ってる（知ってる）、今夜も自分に残業を押しつけておきながら後輩たちを連れて行ってしまった、誰も手伝ってくれる人がいなくて月曜日までに終わらせなくてはいけない仕事があってこの時間になった、さすがにもう我慢ができない……。

「それで仕事をやめたいの？」

「うん」

「それでそのあとどうするの？　転職するの？」

「いや、それがちゃんと考えがあるんだ」

　夫は急に笑顔になった。今、話し合っていることにはまったく不似合いのにやけた顔に。

「ここのところ、米国株は下がってるけど、円安が進んでるから、昨日、ついに資産が三千万を超えた」

「そうなんだ」

　確かに先月の報告の時に、二千九百万くらいまで行ってる、という話は聞いていた。

「これだけあったら、今後、何も仕事をしなくても生きていけると思う」

「え」

「三千万の金融資産の四パーセントは百二十万、それなら月々十万になる。それとたまちゃんの給料を足せば十分やっていけるだろう？　家事も今と同じように半分ずつやるし、僕は次のボーナスをもらったら仕事をやめて、本当の自分を探すことにするよ」

「じゃあ、もう、仕事はしないの？」

「いや」

　彼は小さく貧乏ゆすりを始めた。

「自分に合った仕事があったら、するよ。だけど、二十二で就職して十五年働いてきた。ちょっと休んでいろいろ考えることにする」

　私も同じように十七年働いているのは考えてはくれていないようだ。

「……それがあなたが前から言っていた、ＦＩＲＥということなの？」

「そう、それだよ！　ＦＩＲＥだよ」

　貧乏ゆすりが止まった。

「わかってくれる妻で良かった。今までずっと話し合って、報告してきた甲斐《かい》があったよ」

　私はうなずいた。視線の中にさっき夫に作ってやったインスタントラーメンが見える。底の方にたまっていて、もう麺はのびているだろう。彼にしてはめずらしく、食べ時を逃してしまっている。

　とはいえ、残したりはしないだろう。そんな無駄はしない。

「……まずね、ちょっと確かめたいんだけどいいかな？」

「もちろん」

「さっき、百二十万って言ってたけど、正確にはその二十パーセントは税金で取られるんだよね？」

「ん？　いや、まあそうだけど」

「そうすると残りは九十六万で、月にすると八万ずつ、ということになるよね？」

「いや、全部ではないよ、ＮＩＳＡ分には税金はかからないし」

「つみたてＮＩＳＡは二〇一八年からだからまだたったの四年じゃない？　全部で百六十万くらいだから、三千万からしたらごくわずかでしょ。それにもしかしたら、その税金、三十パーセントになるかも、って言ってなかった？」

「いや、それはまだ財務省から正式に発表になってない。ただ、ネットの噂程度で……」

「だとしたら、八十四万になるよ。一ヶ月にすると七万円」

「まあ、その辺は臨機応変にやるよ、年によっては少し多めにおろすとか……」

「たった七万と私の給料で生活できる？　私は今までと同じように仕事を続けるんだよね？」

「まあ、たまちゃんは仕事好きで、毎日楽しそうに通ってるから。皆、自分が得意なことをした方がいいと思うんだよね。僕も家事、手伝うし。もっと家計を引き締めていけば大丈夫」

「私にだって、仕事で嫌なことがあるわよ」

　彼はかなり驚いた顔をした。

「本当に？　だったら、聞くよ」

私は説明した。戸籍の中にもう生きていない人が含まれている可能性があること、幽霊のような人たちがいること、それを見ないようにしながら仕事を続けなければならないこと。

話の途中で、彼は小さくため息をついた。私が顔を上げると、彼は別のところを見ていた。ちゃんと話を聞いていない。私は口を閉じた。すると、彼の方は私の話が終わったと思ったらしかった。

「たまちゃんがつらいのはわかるけど、それはもう少し我慢してもらえないかな。僕の悩みに比べて、たまちゃんの話はちょっと……ちょっと……レベルが違うような気がする。それは上司なんかに話して解決を見出せるんじゃないか」

私は何かが音を立てて壊れたような気がした。

「じゃあ、私は家事も今まで通りやって、生活費も稼いで、仕事はやめられないわけね？」

もうこの人と話をするのは諦めた。一般的に女性が不満を持つことの方を主張することにした。それに、その方面で、私に不満がなかったわけじゃない。

「……いや、まあ、僕も自分に合ったこと……合った仕事があればやるし、それまでも少しアルバイトとかしてもいいけど」

話が微妙に変わる。そしてまた、彼の貧乏ゆすりが復活した。

「だから、今までのように僕も家事、半分やるし。食費、生活費も半分出すわけだから」

「確認したいんだけど、今までも家事は半分やっていた、という認識なのね？」

「うん」

　彼はそこだけは明確にうなずく。

「ゴミ捨ては毎回やっていたし、食後の食器洗いも半分くらいはやってたよね。あと、お風呂も洗ってたし、洗濯もしていたし」

　私は彼を怒鳴《どな》りつけないよう、ゆっくりと深呼吸した。軽く絶望しながら。

「まず、ゴミ捨てはゴミを袋にまとめていたのは私で、あなたはゴミ収集所に持って行っていただけ、食器洗いは私からしたらあなたがやってたのは夜ご飯のあと時々と自分のお弁当箱だけで、三分の一もないと思う、洗濯もあなたがしたのは洗剤入れてスイッチ入れただけ、干すのは私が……まあいいわ、それより子供とかどうするの？」

「子供？　どこの子供？」

「私たちの子供に決まってるでしょ、子供作らないの？　子供いたら月七万じゃ無理じゃない？」

「まあ、それは……もう少し考えようよ」

　こんなことで話し合うのも時間の無駄な気がした。

「……離婚して欲しい」

「え」

初めて、夫の顔から表情がなくなった。

「離婚して。あなたのそのＦＩＲＥの資金？　貯金？　なんだか知らないけど、それを半分ちょうだいね。だって、私の貯金も入ってるし、毎月、お金渡してたし」

「何言ってるの。これは僕の全財産だ。僕の命だ。ここまでずっと貯めてきたお金で、これから自由になる資金なんだよ。君の分なんてわずかでしょ。だけど、そんなことよりどういうこと？　離婚したいって。理由をちゃんと話してよ」

「いや、もう、最初から説明するのも面倒なんだよね。私が結婚前に貯めてきたお金も足して作った資産で、自分だけＦＩＲＥするとか言ってる人に何を説明しても無駄だと思う」

彼の貧乏ゆすりは最高の振り幅になった。

「あえて理由を言えって言うなら、言うけど、私、普通でいいの。普通に普通の幸せでいいのよ。ＦＩＲＥとか意識高い話とかもう結構。あと、月七万でケチケチしながら生活するとかまっぴら。別に贅沢したいとは思わないけど、普通にご飯食べて普通に過ごしたい」

「でも、僕の節約生活についてきてくれてたじゃない。お弁当も毎日作ってくれたし」

「それはまだ、私の普通の範囲内だったから。お弁当作るくらいはいいよ。だけど、月七万で暮らすとか、私だけ働いて家事もするとか、絶対に無理」

「そんな今更」

「あと何より、私、子供も欲しいし、普通に家を買ったり、子供ができたら車も買いたい」

「え、そんなこと、一度も言ってなかったじゃないか」

「いや、普通でしょ。結婚するとしたら、そのくらいは普通に得られるものでしょ。逆に、あなたこそ、こんな生活になるとか、退職する、仕事しないとか、言ってなかったよね？　子供を持てないとか」

「子供持てないとは言ってないよ。まあ、そのうちに」

「私たち、もう三十五過ぎてるよ。そろそろ作らないと無理だって」

「まあ、それもまあ、これから話し合おうよ」

「もう、十分。とにかく、半分ください。私の条件はそれだけです」

　こいつの戸籍、抹消してやろうか、この世から抹消してやろうか、と思ったら笑えてきた。

「どうしたの？」

「いいえ」

　さすがに若い男の戸籍は抹消できない。それに、考えてみると、彼の戸籍を消したいわけではないのだ。だって、彼は生きていて、戸籍がある。それを消したら、現実と戸籍の辻褄《つじつま》が合わなくなってしまう。

「……私、ちょっと出かけてくるわ」

「え。今から、どこに？」

「役所に。やらなきゃいけないことを思い出した」

「だって、今の時間なんて、絶対開いてないだろ」

「開いてる場所はわかってる。役所は婚姻届なんかを受けるために、二十四時間開けている通用口があるから」

　私は立ち上がって、椅子にかかっていた上着を取り上げた。

「どうして？　もう夜中だよ。明日にしなよ」

　彼は驚きや戸惑いを通り越して、何か恐怖を感じ始めているようだった。

「いいの、大丈夫、一人で行けるから」

　私はバッグを持って家を出た。

　離婚をするのだ、これからは一人で生きていくのだ、それならば、仕事は絶対にやめられない。だとしたら、職場の方を変えなくてはいけないのだ。

　私が快適に働けるように。

最近、ツイートしてなくてすみませんでした

私生活でいろいろあって……

結論から言うと、離婚しました

資産はほぼ半分分けました（続きます）

僕の結婚前の資産がかなり含まれていたので抗議したんだけど、彼女のお金も混じっていたし、それがどれだけ資産の増加に影響を与えていたか、ということを計算するのはむずかしいし、弁護士を立てたりするとさらにお金がかかるからです

だいたい六・四で分けることで話がつきました

いや、ふぁいやぁ太郎さん、そこまで譲歩する必要あります？

奥さんのお金って四百万ですよね？

それに月々三万くらいの積み立て、年利六パーセントで計算しても六百万ちょっとですよ

半分やる価値あります？

お弁当も作ってもらってたし……

いや、お弁当一つ五百円として、月に二十日買ってたとしても、得したのは月に一万円です。しかも材料費はこっちが出してたんでしょう？
月一万を年利六パーセントで積み立てたとしても五十四万ちょっとですよ
なんだか、ふぁいやぁさんらしくないなあ

皆さんは、夫婦仲をよくすること、奥さんを大切にすることを何よりも最優先したほうがいいと思います
自分の考えを押し付けず、彼女たちが何を望んでいるか、常に話し合うこと
でないと手痛いしっぺ返しをくらいます

昔から仕事なんていつやめてもいいと思ってた
だけど、家族を持ってから変わったんだ
少なくとも、一人分の収入くらいは得られるようになってからやめようって
それが彼女には伝わらなかった
すみません、ちょっとセンチメンタルになってますね……

12万円わんこ

大崎　梢

大崎　梢（おおさき・こずえ）

東京都生まれ。書店勤務を経て、二〇〇六年『配達あかずきん』でデビュー。主な著書に『片耳うさぎ』『夏のくじら』『スノーフレーク』『プリティが多すぎる』『クローバー・レイン』『めぐりんと私。』『バスクル新宿』など。また編著書に『大崎梢リクエスト！　本屋さんのアンソロジー』がある。

そういえばそんな話をしたっけ。

澄香《すみか》はスマホを耳にあてがいながらぼんやり思った。電話の相手は、澄香が籍を置いている上畑《うえはた》デザイン事務所の上司、小林《こばやし》だ。三年前まで事務所は都内にオフィスを構え、澄香も正社員として働いていた。けれどコロナ禍で受注が激減し、社長夫婦は東京からの移転を決意した。新しいオフィスは郡山《こおりやま》市内にあり、そこでも今まで通りやっていけると社長は言ったけれども、正社員として残れたのはほんの数名だった。小林もそのひとり。扶養家族のいなかった澄香は自由契約となり、ウェブサイトのスタッフ一覧に名前を連ねているものの、まわしてもらえる仕事はほんのわずかだ。家賃さえまかなえず、近所のドラッグストアで働いて生計を立てている。

この先どうしよう。いつまで続けられるのだろう。続けなければいけないのだろう。

つい昨日も、爪先がやっと届くくらいのプールで泳ぐ夢を見た。手足が疲れても、プールの底に足をつけて休むことはできない。泳ぐことをやめたら溺《おぼ》れてしまう。

「せっかく続いているシリーズだもの。間を置かず進めましょう。ウェブ漫画は好調だから、この先も販路の拡大は見込めるし」

小林の言葉に、澄香は思わず「でも私」と返した。

「犬はちょっと。ペットって飼ったことないんですよ。犬だけじゃなく猫もうさぎもハムスターも。だから何もわからなくて」

耳に小林の笑い声が入る。離婚してふたりの娘を育てている。大宮《おおみや》に住まいがあり、新幹線を使えば郡山にも出やすく、都内のクライアントとこれまで通り打ち合わせもできる。アピールポイントをしっかり持っていることで失業を免れた。

「今までだって知らない仕事をレポしてきたでしょ。フォークリフトを扱う工事現場やスーパーの鮮魚売り場、観光地のお土産屋さん。わかっていそうでわかっていない仕事を、リアリティたっぷりに紹介するのがこのシリーズの良さよ。対象読者は詳しくない人たち。中島《なかじま》さんの目線や表現力がばっちり合っているからこそ続いているわけで、知らないことはハンデではなく強味になっているわよ。もっと自信をもって」

たしかにフォークリフトは遠目でしか見たことがなかったし、スーパーの魚もパック詰めまでの工程など意識したこともなかった。どの題材も友だちや知り合いの知り合いなど、伝《つ》手《て》をたよって見学させてもらい、十ページほどのエッセイ漫画にまとめてきた。評判は悪くない。

今回、小林が提案してきたのはテレビやＣＭに登場するタレント犬のリアルレポだ。澄香の中学生時代の同級生に、そういう犬を飼っている子がいると以前話したことがあり、小林は覚えていたらしい。

「どうしたの。気が進まない？　取材はダメそうな人なの？」

「いいえ。急だったので、自分の方が大丈夫かなと不安になっただけで」

「とりあえず聞いてみてよ。ＯＫだったら社長にも話を通しておく。ＮＧだったら、またちがうのを考えましょう」

肩を叩《たた》くような言葉に「やってみます」と返し、澄香は小林からの電話を切った。

築二十五年、１ＤＫ、家賃六万円というアパートに静寂が戻る。四月半ば過ぎの夜十時、耳を澄ませば車のエンジン音や電車の通り過ぎる音がかすかに聞こえる。ひとつひとつ吟味し尽くした家具類は、ローテーブルもベッドもチェストもウォールアートも大のお気に入りで、狭いながらも心地よい空間を作ってくれている。それなのにラグマットに座りベッドを背もたれにしてつい、澄香はため息をついてしまう。

今の電話は関係ない。タレント犬の取材といういきなりの話でも、ここ数年やりとりしていない友だちに連絡をつけねばならないという億劫《おっくう》さでも、昔とちがい手土産ひとつ経費では落ちず自腹だという割り切れなさでも、そうやって頑張っても実質の手取りは十ページで十万円足らずという不満でもなく、ため息の主な原因は、自分の手にしているスマホの中にある。

ＬＩＮＥへの反応が何もない。相手がまめな性分でないのはよくわかっているし、おそらくまったく悪気はないのだろう。待ってしまう自分がいけないと頭では思うのに、不安や鬱屈が溺れそうなほど膨らむ。

スタンプのひとつくらい返してよと言いたい相手は、澄香より四つ年下、今年やっと三十歳になったばかりの近藤《こんどう》雅司《まさし》だ。精密機器メーカーの総務部で働いている。知り合ったきっかけは友人の結婚式の二次会で、澄香のデザインしたウェルカムボードやチョークアートに目をとめ、無邪気な笑みと共に褒めてくれた。彼自身も絵が好きで、子どもの頃は漫画家になる夢を持っていたそうだ。

すっかり気をよくし、最初に誘ったのは澄香だった。四年前なのであの頃は自分が三十歳。気が優しく穏やかな雅司は同性同士のような気楽さもあり、美術館や博物館巡りは楽しかった。泊まりがけで地方のアート展にも出かけるようになり、誕生日を一緒に過ごす間柄にもなった。

大きな喧嘩やトラブルもなく、交際は順調と言えるのかもしれない。澄香が失職したときは親身になって心配してくれたし、バイト先のドラッグストアものぞきに来てくれた。エッセイ漫画も喜んでくれる。

けれど今、もっとも付き合いづらい相手が彼なのだ。

会えば表情のひとつ、言葉のひとつに神経をとがらせ、深読みしすぎてわけがわからない。会えないときはずっとＬＩＮＥを待ちわびる。いつの間にか食事の量が減り、睡眠時間も減った。

ふと、額がテーブルにつきそうなほどうつむいていることに気付き、澄香は顔をあげた。

「犬だ、犬」

鼓舞するように言って身体を浮かせる。ベッドに横たわり、大の字に寝そべる。

「なんていう犬だったかな、あれ」

インスタグラムで見たことはあるのだが記憶はあやふやだ。犬種も知らない。

そんなんで仕事になるだろうか。再びよぎった危惧《きぐ》を振り切り、澄香は友だちの顔を思い浮かべる。話しかけるようにメールの文面を考えようとしたのだが、「犬なんていい身分」と毒づきそうになり、つくづく自分に嫌気が差した。

彼女と自分では何もかもちがうだろうが、それは今に始まったことではない。

澄香の苗字は「中島」で、タレント犬の飼い主である莉々子《りりこ》は「中山《なかやま》」だった。出席番号が近いこともあって、中学に入って間もなくの頃から言葉を交わし、いい感じで気が合ったのだけれど、莉々子は最初から特別な子だった。

背が高くすらりとしていて小顔。整った目鼻立ちにさらさらの髪の毛、可憐《かれん》な笑顔。小学生の頃からさまざまなモデルオーディションを受け、中二で雑誌デビューをするほど抜きん出た容姿をしていた。ふたりが通っていたのは相模原《さがみはら》市にある公立中学校だったが、となりの市から引っ越してきた澄香が知らないだけで、近隣でも有名な美少女だった。

最初の頃は気後《きおく》れもしたが、容姿については次第に見慣れ、しゃべれば特別なことはほとんどない。先生やクラスメイトの噂話《うわさばなし》をこっそりして、連載漫画に一喜一憂し、行ってみたい外国の話で盛り上がり、定期試験にげっそりした。成績は互いに中の中。理科数学が苦手で国語はまあまあ。澄香は美術が得意で、莉々子は強いて言えば体育だろうか。モデルの仕事があるからと部活動には入っていなかった。

当時はそれぞれの家を行き来するほど仲が良く、澄香にとっては莉々子よりも莉々子ママの方がインパクトが強かった。刈り上げたショートカットに、マスカラばっちりのフルメイクで、自由闊達《かったつ》によく笑いよくしゃべる。澄香をいつも歓迎してくれて、あるときハサミ片手に澄香の髪の毛を整え、ぼさぼさの眉毛もすっきりさせ、おしゃれなルーフバルコニーで写真を撮ってくれた。あの写真は今でも大事にとってある。

中学卒業を機に莉々子は川崎《かわさき》市内に引っ越し、学校も都内の私立に通うようになった。モデルの仕事も順調らしく、雑誌の表紙で見かけたこともある。それきり連絡を取り合うこともなく縁は薄れていったのだが、澄香と同じ高校に進んだ子が莉々子と親しく、ときどき噂話を耳にした。大学には行かずフランス語の勉強をしてパリに住み始めたとか、パリコレのオーディションを受けているとか、一般企業の受付でアルバイトをしていたらその会社のＣＭに抜擢《ばってき》されたとか、莉々子ママの経営する美容サロンが人気とか。

澄香は美術系の専門学校を出た後、上畑デザイン事務所で働いていたので、「ママの美容サロンはウェブサイトを持っているかな」「まだならうちでやらせてほしい」と、共通するその友だちに話した。

するとほんとうにママに伝わったらしく、仕事のオファーが舞い込んだ。

「あのとき以来だよね。すーちゃん、変わってない」

犬の取材をさせてほしいと久しぶりにメールを出したところ、莉々子はすぐに快諾してくれて、待ち合わせにと提案してきたのは溝《みぞ》の口《くち》駅近くのファミレスだった。その店から車で五分ほどの場所に祖母の家があり、莉々子はそこに住んでいる。

「今日はほんとうにありがとう。ママのサロンに打ち合わせでうかがったときも、リーちゃん付き合ってくれたよね。三年になるかな」

「四年前よ。あの頃もう私、おばあちゃんちにいたから」

「おばあちゃん、お元気にしてる？　中学生の頃、ちらりとお目にかかったことはあるんだ」

「米寿が近いのに元気よ。今日もお友だちに誘われて、日帰り温泉旅行に出かけたの」

「いいねえ。ママもご活躍だし。三軒目のサロンが都内に出たでしょ。すごいなあ」

ランチでもという話だったので、待ち合わせたのは十二時ちょうど。早めに着いていた澄香が莉々子を迎え、さっそくセットメニューを頼んだ。莉々子はカレードリア、澄香はパスタ。ご馳走しなくてはと思っているので、ファミレスは正直ありがたかった。

思えば四年前も莉々子はとても庶民的だった。ママのサロンのある郊外型のショッピングモールに車で連れて行ってくれて、お茶にしようと寄ったのはモール内にあるミスドだった。

今日もアイボリーのTシャツにワイドパンツというラフな格好だ。もしかしたらとんでもなく高価なアイテムなのかもしれないが。

「ママもよろしくって言ってたよ。お安くしとくから、お客さんとしてサロンにいらっしゃいなって」

「むりむり。半額でも行けないよ」

だね、と朗らかに返す莉々子は、カジュアルなコーディネイトによく似合う健康的な笑みを浮かべていた。一般の人に比べればまだまだ色白の部類だろうが、妖精的な透明感が薄れ、日に焼けて地に足が着いた感じ。ノーメイクかと思わせるほど肌の色艶がいい。表情も生き生きしている。麦わら帽子をかぶせるだけで、地方都市の魅力を伝える爽快なポスターになりそうだ。

「そういえばリーちゃん、結婚したんだね。今日は手ぶらでごめん。今度あらためてお祝いさせてね」

莉々子のインスタグラムやブログを遡《さかのぼ》って初めて知った。コロナ禍とあってか、親族のみの集合写真が掲載されていた。

「いいのいいの。報告のひとつもしてないもんね。こちらこそ失礼しました」

「相手はどんな人？　おばあちゃんちで一緒に暮らしているの？」

「うん。理学療法士でリハビリの仕事をしている。セラピードッグに興味があって、たまたまわんこのイベントを見学に来てたのよ。そのとき知り合った」

「だったら犬が取り持つ縁？」

「まあね。向こうも朝のジョギングをしてたから、私の散歩とコースが重なったときに再会して、しゃべるようになった」

思わず「いいなあ」と声が出る。

「夢のような話だわ」

莉々子は「そんなことないよ」と言いながら、テーブルに置かれたコップの水をひとくち飲んだ。謙遜なのか、照れなのか、控えめな反応に澄香はほっとした。結婚はこのところ自分にとって憂鬱の種だ。

「すーちゃんは相変わらず絵を描いているんだね」

話題が変わり料理も運ばれてきたので、それぞれフォークやスプーンを手に取る。

「企業パンフレットに載せるイラストを少しね。ウェブデザインやロゴマークはほとんどなくて。エッセイ漫画もやれたらありがたいって状況なんだ。このたびは取材を了解してくれてすごく助かった。感謝してる」

「まだ何もしゃべってないよ」

「これからよ。でもリーちゃんが犬って、びっくりするようなそんなに驚かないような、変な気分」

「どっちよ。ぜんぜんちがうでしょ」

「だって初めて会った頃から、おうちにわんちゃんがいたよね。ポメラニアンとダルメシアン。よく覚えている。物珍しさもあって、私きゃーきゃー騒いじゃって、ママにやかましいって叱られたっけ。だから犬を飼うことについては、そうかなって納得する気持ちもある。その犬がテレビに出演したり、雑誌モデルになったりしてるのもリーちゃんらしい。同じ仕事をしてるわけでしょ。でも、飼うなら小型犬の方が世話するのはラクじゃない？」

事前に調べたところによれば、莉々子が飼っているのはバーニーズマウンテンドッグという大型犬だ。額から鼻の周り、胸や足下が白くて、それ以外の大部分が黒。ところどころに焦げ茶色が入るふさふさの毛並みだ。子犬のときは愛くるしく、成犬になると凛々《りり》しい。

「最初からタレント犬にしようと思って飼い始めたの？」

通常の取材ならばコーヒーに少し口を付けるくらいで、メモ帳を開いてかしこまって質問をあげていくが、相手が友だちなので気安くパスタを食べながら尋ねた。向こうもカレードリアをふうふう冷ましながら答える。

「まさか。思いつきもしなかった」

「それでどうやって……ハティくんだっけ、彼はテレビに出てるわけ？」

莉々子の飼っているバーニーズマウンテンドッグは、「ハティ」というそうだ。インスタグラムにあった。雄らしい。

「一歳くらいのときに、お散歩しに横浜に出かけたの。そしたらゴールデンレトリバーを連れている人が、『とてもハンサムな子ね』とハティを褒めてくれたのよ。さらに『モデル犬になれるんじゃないの』って」

莉々子の話によれば、横浜の元町《もとまち》や東京のお台場《だいば》は、自慢の愛犬を散歩させる人で大にぎわいだそうだ。写真映えのするスポットでもあるので、かわいい姿、優美な姿を撮影し、インスタに投稿するのが定番になっているらしい。

わざわざ車などに乗せ、自宅から離れた場所に連れて行って歩かせるなど、澄香にはない発想だが、インスタをちょっとのぞけば華やかなお洋服をまとった犬の写真が大量に表示された。あれのいくつかは元町やお台場なのだろう。

「考えもしなかったことなんだけど、言われたらすごく興味がわいてさっそく調べたの。そしたら仕事として雑誌やＣＭに出るには、タレント事務所に所属しなきゃいけないことがわかった。笑っちゃうでしょ。自分だってそういうところにお世話になっていたのに、初めて気付くなんて」

愉快そうに言うところからすると、ほんとうに最初からの目論見《もくろみ》ではなかったらしい。

「ハティはそれからオーディションを受けて、今の事務所の所属になったのよ」

「オーディションってやっぱり狭き門？」

「そうでもない。飼い主のやる気があればなんとかなるんじゃないかな。登録料を払うのは飼い主だから事務所の負担はほとんどないし。その登録料っていうのも数千円だし」

少し意外だった。ペットのタレント事務所はウェブで検索すると出てくるので、わからないなりにもちらりと見ていた。事務所に所属している動物は選《え》りすぐりの、いわばエリートではないのか。

「トップ画面に掲載されているのは特別な子たちよ。すでに仕事を得て活躍している。でも、それはごく一部でしかないの。登録している子はもっともっとたくさんいる。そのごく一部に入るためには、少しでも多く人の目にとまるようにしなきゃいけなくて、たとえば方法のひとつとしてモデルブックというのがあるんだ」

「何それ」

「その子の魅力を最大限にアピールする、専用の写真集みたいなものよ。作るための経費はけっこうかかる。高いものだと二十万円前後」

澄香は反射的に「うわっ」と声を出した。かわいい我が子に特別な経験をと思ったら、やはり相応の元手が必要らしい。

冷静に考えればよくできた仕組みだ。タレント事務所に少しでも関われば欲も出るだろう。ほんのちょっと後押ししてあげることで、雑誌モデルやＣＭ出演への道が開けるならばと、ついつい夢を見てしまう。ちょっとの金額ではないし、お金をかけても仕事になる保証はないだろうに、それを前置きされても、「うちの子ならば」と財布の紐《ひも》は緩む。飼い主の熱意が事務所の収入に繋《つな》がるのだ。

「リーちゃんもモデルブックは頑張ったの？」

「十万円くらいはかけたかな。つい力が入っちゃうのよ」

「わかるよ。ハティくん、たしかにハンサムだし。でも頑張った甲斐《かい》はあったね」

莉々子は嬉《うれ》しそうに満面の笑みを浮かべた。

「わりと早いうちにオファーがあったの。ほんとうに家の中で歌いながら踊っちゃった。でも最初の頃はうまくいかなくて」

「どうして？」

「仕事をこなすためのスキルが身についてなかったから」

詳しく聞いてみると、グラビア雑誌の撮影ともなればスタジオに多くの人が出入りし、機材はそこかしこに配置され、床には無数のコードが這《は》う。フラッシュもたかれている。

主役はあくまでも人間のモデルだ。カメラマンを始めとした撮影クルーは進行やチェックに忙しく、クライアントが立ち会っていれば、一番の発言権を持っているのは彼らなのでみんなぴりぴりしている。

そんな緊迫感漂う現場で、犬は静かに出番を待たなくてはならない。いざ声がかかれば、飼い主の元を離れてスタッフの指示に従う。それがとても難しいのだと莉々子は言う。どんなに容姿が優れていても、イメージにぴったり合っていても、撮影時にスタッフの手を煩わせれば交代になる。それを見越して犬は複数呼ばれているのだ。

タレント事務所のオーディションを通過して所属となり、少しでも目立つようモデルブックを作成し、やっと目にとまり仕事のオファーが来て、指示された日に時間通り現場に臨んでも、撮影のその瞬間、うまく立ち回れなければ不採用。犬のコンディションを誰も待ってはくれない。

「代わりはいくらでもいるからね。そこまでこぎ着けても、ＯＫにならなければ無駄足で終わっちゃう。交通費も出ないから実質的には赤字ってこと。数日前からわんちゃんの体調を整え、前日は念入りにシャンプーし、自分は休みを取って車も出すでしょ。場合によっては駐車場代も払わなきゃいけない。お昼ご飯だってロケ弁をもらえればいい方で、自腹はよくあるよ」

「厳しいね」

犬はもちろん生身の生き物だが、撮影の中では小道具という位置づけなのかもしれない。写真を引き立てるための、あくまでも脇役。飼い主からすれば大勢の中から選ばれた名誉ある貴重なステージなのに、現場での待遇は厚くない。

「幸い、私にとっては知らない世界じゃないから、早いうちに割り切ることもできたんだ」

「本物のモデルさんだもんね」

「シビアな世界であることは骨身に染みてわかっていたから、凹《へこ》む前に対策よ」

「どうすればいいの」

「お仕事に即したスキルのアップ。『待て』も『伏せ』もハティは身に付けていたけれど、撮影現場みたいなところで、ちゃんとできなきゃいけない。私と離れた場所でもできなきゃいけない。それを指導してくれる訓練所に通わせたの」

「そんなところあるんだ」

「あるある。なんでもあるよ」

モデルとしての莉々子は十代がもっとも充実していたと言われている。二十歳を過ぎる頃から雑誌の仕事が減り、ショーモデルを目指してパリに移り住んだものの、ほとんど成果はなかったらしい。一年足らずで帰国し、それからはファッションブランドのイメージモデルを務めたり、デパートなどで開かれるショーイベントに出演したり。オリジナルブランドを立ち上げるという噂もあったがいつの間にか聞かなくなった。

順風満帆とは言いがたい活躍なのかもしれないが、澄香がSNSで目にする莉々子はいつも綺麗《きれい》で垢抜《あかぬ》けていた。色白でほっそりしていることから、本人についても儚《はかな》げで華奢《きゃしゃ》なイメージを持っていたのだが、久しぶりに会った莉々子は話せば話すほど妙にたくましい。

それを口に出して言うとすごく受けた。

「たくましくもなるって。バーニーズは体力があって運動が大好きだから、毎日の散歩は朝晩三、四キロが基本なの。暑い日も寒い日も雨の日も雪の日もよ。高低差も大好物で、坂道を駆け上ったり駆け下りたりが散歩に組み込まれる。さらに月に何度かはドッグランに連れて行って、思いっきり運動させなきゃいけない。遠出をして海辺で遊ぶこともよくあるよ。こっちはもう、年がら年中くたくた」

「リーちゃんがそれしてるの？」

「もちろん。今日だって裏の公園のてっぺんまで上がってきたんだから」

自慢するように言うが、近所でも有名な美少女として、雑誌モデルを務めたような線の細い子だ。くたくたになるまで犬の運動に付き合うなんて、おいそれとは信じられない。

澄香が疑いの眼差《まなざ》しを向けると、莉々子は身を乗り出してさらに言う。

「わんちゃんを迎えるって、全部ひっくるめてちゃんとやるってことだからね」

四年前、莉々子は東京から溝の口にある母方の祖母の家に移り住んだ。莉々子ママは莉々子が二十歳の頃に離婚し、パパは今、関西にいるらしい。ママはサロンの仕事が忙しく、新しく購入したマンションと実家を行き来していたので、莉々子が実家に住むことには諸手《もろて》を挙げて賛成してくれた。家賃も光熱費もいらないからと、祖母の相手に加え、自分の飼っているコリーの世話も頼んだ。

その頃の莉々子は東京の暮らしにも仕事にも疲れていたそうで、無職の身で祖母の家に転がり込んだ。何をする気にもなれずママの犬の世話と、少しばかりの家事と、祖母が出かける際の運転手になるくらいで怠惰に過ごしていたところ、ハティに出会って生活は一変した。

バーニーズマウンテンドッグは気性が穏やかで、飼い主への忠誠心が高く従順な犬だが、体力があって活発なので十分な運動が必要だ。怠るとストレスに見舞われ、性格が荒くなる場合もあるし、病魔に侵されるリスクも跳ね上がる。個体ごとに良質で適量な運動が常に求められる。

さらに大型犬の飼育は経費もかさむ。日々の食事代はもちろんトイレシートなどの日用品代、カットやトリミングの費用、ワクチン接種代、怪我や病気の治療費、保険などもかかる。一般的に年間三十万円から四十万円ほど。月にすると三万円前後。玩具や洋服、サプリメントを買い与えれば負担は増す。

莉々子は無職だったので、仕事に就いて稼がなくてはいけなくなった。朝晩の散歩があるので働けるのは日中だ。カラオケ店やお弁当屋さん、歯科医院の受付など、取り急ぎやってみたものの、最初の話とはちがい日数を入れてもらえなかったり、逆にもっとやってほしいと迫られたりで続けられなかった。

「リーちゃんなら他にもっとなかったの？　高級ブティックの店員さんとか」

「そんなに都合良く募集はないよ。東京なら探せばあったかもしれないけど、なるべく家にいてあげたくて、通勤時間のかからない近場がよかったの。ブティック系はどうしても夜遅くまでやってるし。すーちゃんはドラッグストアで働いてるってメールにあったよね。ああいうところは夜に入れる人を探しているでしょ」

たしかにそうだ。澄香も二十二時の閉店時間まで、シフトがよく組まれる。

「職探しをしてつくづく身にしみた。私、ほんとうに何もできないんだ。学歴もなくて、パソコンもできることは限られていて、表計算なんてやったこともない。だからオフィス勤めは最初から考えられないし」

「受付は？　経験あるんじゃないの？」

「あれだって相応のスキルが求められる。今どきは外国人の応対が必須で、いろんな機転を利かさなきゃいけない。制服を着こなすだけでは務まらないの」

苦い記憶でも呼び覚まされたのか、莉々子は顔をしかめた。

「いろいろ大変だったねえ」

「そんな中、やっと私でも続けられる仕事に巡り合えたのよ」

「なになに」

「介護施設の送迎ドライバー。デイサービスを利用するお年寄りを迎えに行ったり、送り届けたりする仕事。私、車の運転はそんなに苦じゃないんだ。タクシーとちがって時間も行き先も決まっているから事前に調べられるし。週五日、みっちり働いてた」

　これまた意外な話だった。ぽかんとしてしまう。

「リーちゃんが介護施設の運転手……」

「あとあと、すごくよかったこともあった。ハティが仕事をするようになったとき、スタッフのみんなが協力してドライバーの代わりをしてくれたの。だからスムーズに休めた」

　こんなに若くてかわいらしい女の子に務まるのだろうかと、施設の人たちは訝《いぶか》しむだけだっただろう。けれど莉々子はいい意味で予想を裏切った。真面目にしっかり働いてくれれば貴重な仕事仲間だ。彼女の話に耳を傾け、協力もしてくれる。そんな空気が生まれたにちがいない。

「今もドライバーを続けてるの？」

　莉々子は首を横に振った。

「私が猛烈な愛犬家だと話が伝わって、去年のちょうど今頃、施設の運営側に呼ばれたんだ。愛犬家に向けたビジネスを展開するので、そちらを手伝ってほしいって。今は川崎市内にあるわんこステーションみたいなところで働いているよ」

紆余《うよ》曲折《きょくせつ》を聞いたあとだけに、それは良かったねと心から言えた。莉々子の笑顔はまぶしいが、臆してひがむことなく、自分の中にまで日差しが注ぐような気がした。

　食事を終えると莉々子は自宅へと澄香を誘ってくれた。昼代も割り勘でと言われたが、こちらの仕事だからと払わせてもらう。駐車場にあった彼女の車は六人乗りのコンパクトミニバンだった。助手席にまわると、車の中には犬のオモチャとおぼしきグッズや毛布などが置かれていた。この車で遠出もするらしい。

「そういえばわんちゃんは今、三匹いるみたいね」

　フロントガラスに飾られた写真には、ママの飼い犬であるコリーのハナちゃんの他、バーニーズマウンテンドッグが二匹いる。片方はハティくんだろうが。

「もう一頭ほしいなと思っていたら、当時付き合っていた人から、ぼくと結婚したら飼えるよと言われたんだ」

「もしかして今の旦那さん？」

　莉々子は運転席でハンドルを手に、にやりと笑う。

「魅力的な提案で前向きに検討させてもらった。そしたらまあやっていけそうな気がしてOKしたの。入籍してすぐハティより二歳年下の女の子、エルダをお迎えしたら、すごくかわいくてたちまちメロメロ。よかったわ、結婚して」

「すごい口説き文句だったんだね。たぶんリーちゃんにだけ有効な」

「私よりも、ハティやハナちゃんの方が好かれていたと思う」

歌うように言いながら、莉々子の運転はさすがに危なげなかった。車線変更も右折もなめらかだ。

「二歳年下の女の子か」

何の気なしに口にした言葉に、莉々子が「あのね」と反応する。

「今どき、わんこ好きな人たちは『雄、雌』って言わないの。『男の子、女の子』よ」

「へえ。もしかして他にもそういう言い方のちがいってある？」

「餌もないかな。フードだから」

澄香はあっと思い、助手席で腰を浮かした。

「ひょっとして私、失礼な物言いをしていたのかも。そうだよね。気付かずにごめんなさい」

莉々子は笑顔で首を横に振る。

「いいのいいの。気にしてるわけじゃないから」

「もしかして、『犬』とも言わない？」

「わんこやわんちゃんかな。ふつうは『子』。うちの子って言い方をする。私はママよ。独身の頃から『ハティママ』。愛犬家同士ではそれが一般的なの。私が仲良くしている人は六十代の男性なんだけど、ミルクちゃんっていうマルチーズを飼っていて、『ミルクパパ』って呼ばれている。自分で自分のことを『ミルクパパです』と言うし」

それはなんと言うか、想像してやっぱり笑ってしまった。

車はバス通りから細い路地へと入っていく。溝の口周辺はマンションや建売住宅風の新しい一戸建てが目に付くが、路地を進むと古い住宅街が現れて、中でも年季が入っていそうな二階建て家屋の前で車は止まった。

車庫入れもスムーズで、エンジンキーが切られてから車外に出ると犬の鳴き声がかすかに聞こえた。帰宅に気付いた愛犬たちだろう。

莉々子のおばあさんの家は築五十年だそうで、莉々子ママが小学生の頃に建てられたという。古いとは思ったが、そんなに年数が経っているようには感じられない。何度かリフォームしているせいらしい。莉々子の結婚を機に旦那さんも住むことになったので、ふたりが暮らす二階部分もかなり手を入れたという。

「リフォームのためにローンを組んだんだけど、他で家を借りるとしたらもっとかかるでしょ。おばあちゃんさまさまよ」

「わんちゃんがいたら、それなりの物件じゃないと住めないものね」

「ペットOKのところでさえ、大型犬はダメだから」

莉々子は話しながら玄関ドアを開けた。そのとたん、ふさふさの毛並みが玄関の三和土《たたき》で飛び跳ねる。大喜びではしゃいで莉々子にじゃれつく。澄香は迫力に圧倒された。写真はいろいろ見てきたけれど、実物は想像よりも大きくてどっしりしている。コリーのハナちゃんはすらりとした鼻筋と薄茶色の毛並みで軽やかな雰囲気を醸し出してもいるが、二匹のバーニーズは瞳も大きくて存在感が半端ない。

莉々子は「いい子にしてた？」と一匹ずつ撫《な》でて抱きしめる。

「さっきすーちゃん、小型犬でもよかったんじゃないのって言ったでしょ。そりゃ小型犬もかわいいよ。愛くるしくて大好き。でも大型犬の、このボリュームこそがたまらない。許容量の大きさにも思えるの。私を丸ごと受け止め、宥《なだ》めてくれるような、励ましてくれるような気分になる。精神安定剤みたいなものよ。とっても落ち着ける」

それは素晴らしいと澄香が応じる前に、莉々子は犬たちを紹介してくれた。犬たちにも澄香を紹介する。「ママのお友だちだから仲良くしてね」と。

室内は大きな開口部のおかげで明るく、犬たちが自由に動き回れるためなのか、家具類も少なく広々としている。おばあちゃんの部屋は一階にあるが、そこを含めて何ヶ所か、犬たちが入らないよう躾《しつけ》がされているそうだ。

通されたリビングルームでは莉々子がこれまでのハティの活躍を見せてくれた。

ファッション雑誌のグラビアページ、スニーカーの広告写真、キャンプ場のパンフレットなどがテーブルの上に広げられる。パソコン画面ではファミリーカーのCMも流してくれた。そのときの舞台裏の写真もあって澄香としては大助かりだ。タレント犬のお仕事漫画について、具体的なイメージも膨らんだ。商業ベースにのったものはどれもクオリティが高く、主役ではないかもしれないが、ハンサムで凛々しいハティが必要不可欠なピースであることもよくわかる。

　ハティはバラエティ番組にも出演していたので、共演者であるアイドルグループとの絡《から》みは聞いているだけでも楽しい。そのグループのファンとの交流まで生まれたそうだ。仕事になる子がほんの一握りならば、次々にオファーの舞い込むハティはさぞかし羨望の的だろう。飼い主の誇らしさも推《お》して知るべしだ。

　ふと気づき、妹分のエルダについて尋ねると、そちらはタレント活動をしていないそうだ。

「撮影機材もフラッシュも嫌いでこわいみたい。わんちゃんにも向き不向きがあるのね。エルちゃんにはひたすらのんびりしてもらっている。おっとりした気のいい子よ」

「ハティくんが何匹分も活躍してるものね。出演料もかなりもらえるんでしょう？」

　澄香が言ったとたん、莉々子は手を横に振る。

「それはぜんぜん。たぶん、まわりが思うよりずっと低い」

「そうなの？」

「事務所を通すから、こちらに入ってくる額はほんとうにシビアなの。大手のＣＭで、撮影日が二日くらいだとして、六万円前後。雑誌だと一万円以下」

　たったそれだけと、思わず言ってしまう。

「テレビは？　テレビならもっといいでしょう？」

「残念。一本、一万円くらい」

　澄香はムンクの『叫び』のポーズになる。

「交通費も出ないんじゃなかった？」

「私が知ってる限りではね。前準備もこちら持ち」

「さっきリーちゃん、代わりはいくらでもいると言ったよね。ギャラがそれくらいだとわかっていても、愛犬をタレント犬にと思う人はいっぱいいるってこと？」

「たぶん、無料でもやりたがる人はいるよ。かわいいうちの子をみんなに見てほしい、特別な場所で輝いてほしいって思う人は多いから。私は仕事として、報酬はちゃんともらいたいけど。たとえ少なくても」

　経費を考えればおそらく赤字だ。

「ハティのように第一線で活躍していても、飼い主が潤うような稼ぎはないってこと？」

「だと思う。もちろん例外はあって、携帯電話のＣＭで有名になったわんちゃんは出演料が数十万らしい。関連グッズが売れる子であれば収入も上がるよね」

「それだって、数百万という単位ではないんだ。家が一軒建つなんてことはないのね」

莉々子は「ないない」と笑う。

「あくまでも飼い主の自己満足止まりだよ。儲《もう》けようと策を練ったって、わんちゃんは思い通りに動いてくれない。余計なストレスをかければすぐに体調を壊す。お金になる仕事となれば、見た目がそっくりの代打要員がどんどん出てくる。飛び抜けた売れっ子が荒稼ぎ、ってことはあんまりないんじゃないかな」

澄香の目から鱗《うろこ》がどんどん落ちていく。芸能界での成功は、桁外れの収益に繋がると勝手に思い込んでいた。

友だちの妄想をたしなめることもなく、莉々子は「でもね」と語る。

「ハティの頑張りは私にいろんなものを与えてくれたの。撮影現場への復帰だけじゃなく、スポットライトを浴びているハティへの誇らしさ、ＣＭがテレビで流れたときの高揚感、バラエティ番組の収録に立ち会うわくわく感、綺麗なグラビアページを見たときの充足感。あげたらきりがないよ。人との繋がりもそう。送迎ドライバーをやっていた施設の人たちとは今でもよく会っているし、他の施設にハティたちを連れていくボランティア訪問もやっている。さっき話したわんこステーションでは、参加型イベントを企画して実施しているんだ。わんちゃん仲間との交流も盛んで、私自身の友だちも増えた。オフ会のにぎわいったらないんだから」

そう言って、撮りためた写真を見せてくれる。パソコン画面にはさまざまな種類のわんちゃんたちが登場する。例のミルクパパの愛犬、ミルクも教えてもらう。人間の写真はほとんどなく、犬ばかりだ。

ところどころ日常のスナップ写真も出てきて、莉々子の旦那さんらしき男性も写っていた。日に焼けたスポーツマンタイプの人で、三匹の愛犬にじゃれつかれて、芝生に転がり大笑いしている。

それらを見ていると、莉々子の言う「ハティから得たもの」が素直に納得できた。毎日が充実し、何より楽しそうだ。

「過酷なお散歩と経済的な負担。このふたつを乗り越える覚悟があれば、私でもわんちゃんライフが始められるんだね。人生って頑張ってもどうにもならないことがあるけれど、ペットはなんとかなるかもしれないんだ」

「そだね。あともうひとつ、大切な覚悟がいるよ」

澄香は首を傾《かし》げ、莉々子が答える。

「寿命だよ」

ひやりと冷たい風が身体を通り抜けた気がした。顔も心も強《こわ》ばる澄香をよそに、莉々子は穏やかな眼差しを愛犬たちに向ける。三匹は庭に臨む窓辺で気持ちよさそうにうたた寝していた。

「バーニーズマウンテンドッグは大型犬の中でも寿命が短くて、十年も生きられれば長い方。ふつうは八年前後と言われているの」

　だったら四歳になるハティと一緒にいられるのは、病気などを患わなくてもあと五年前後。たったそれだけしか残されていない。

　自分がどんな顔をしているのか澄香にはわからない。かける言葉もみつからない。莉々子が並々ならぬ愛情を注いでいるのを十分知った今、ほんの数年のうちにやってくる哀《かな》しい別れをどう思っているのか。尋ねるのもこわい。

「こればっかりはどうしようもないよね」

　そんな言葉と共に莉々子は苦笑いを浮かべた。

「わかっていて飼い始めたの。限られた期間だと知っていて、うちの子になってもらった。だから覚悟はできているつもり。もうすでに私の方がたくさんの幸せをもらっているから、ハティには精一杯のことをしてあげたい。毎日毎日、幸せなわんこでいてほしい。楽しい時間を一緒に過ごしたい。ただそれだけなの」

　重くなった会話の雰囲気に気付いたかのように、ハティは目を覚まし首をもたげる。視線を向けていた澄香を、吸い込まれそうなほど深い瞳で見返す。

　均整の取れた気高くも美しい大型犬を見ながら澄香はうなずいた。

「散歩の手間暇があっても、フード代その他もろもろお金がかかっても、一緒にいられるのが長くて十数年でも、かまわないと思えるほどの良さがわんこにはあるんだね。精一杯の愛情を注いであまりある幸せをくれるんだね。莉々子はそういうものと出会った。羨ましいよ」

　心からの本音を口にして微笑むと、向かいの席に座っていた莉々子が立ち上がり、テーブルを回り込んで澄香の脇にやってきた。細い両腕が伸ばされ、ぎゅっとハグされる。

「ありがとう、すーちゃん。私、誰よりもすーちゃんにそう言ってもらえて嬉しいよ」

「なんで私？」

「だってすーちゃんは、ハティがうちの子になる前から会ってるんだよ。そういう貴重な存在なの」

　まったく心当たりがない。何を言われているのか、意味がわからない。

「どういうこと？」

「気付いてない？　四年前、ママのサロンを見に来たとき、一緒にショッピングモールを歩いたでしょ。あそこにペットショップがあったじゃない」

「え？　そうだっけ」

「ハティはあそこにいたの」

　驚いて「はあ？」と大きな声を出す。寝そべっていたハティが身体を上げた。

「嘘《うそ》でしょ」

「ほんとよ。それまでも私、あのお店にときどき立ち寄っていたんだ。行く度に『もういないかな』と思うんだけどバーニーズの子犬はいつもいて、一生懸命尻尾を振ってくれる。つまりハティは売れ残りだったんだよね」

「ちょっと待って。今どきはブリーダーから譲り受けるんじゃないの？」

莉々子は首を横に振った。

「今でもペットショップはあるし、いろんな動物を売っているよ」

「でも、ハティは見ず知らずの人から褒められるほど子犬の頃から容姿が優れていて、仕事がこなせるくらい賢いんだよね。売れ残りとかペットショップとか考えられない」

「妹分のエルちゃんもコリーのハナちゃんもブリーダーさんから譲られている。でもハティはちがうの。覚えていない？　一番奥のケージにいた黒っぽい子犬。もうすっかり大きいねとすーちゃん、目を丸くしてたよ」

思い返し記憶をたどっていくと、澄香の中に甦《よみがえ》るものがある。

「まわりに比べて、すっかりお兄ちゃんしていたあの子？　わんちゃんの体形をしていたよね。他の子はもっと小さくて、ころころふわふわしているのに」

「生後四ヵ月を過ぎていたから。大型犬はあっという間に大きくなっちゃう。そうなると多くの人は敬遠するよ。すーちゃんが来たあと、次に行ったときにはもうケージにいなかったの。お店の人に聞いたら、新しい子犬が入ってきたので別のケージに移しましたって。教えてもらって見に行ったら駐車場の片隅で、かろうじて庇《ひさし》がついているだけの屋外にいた。おそらくもう、店頭には戻れない。どこかにたらい回しにされる。最終的に行き着く先が安全な場所とは限らない。そう思ったらいてもたってもいられない。でも私に気付いた子犬は、元気に飛び跳ねるのよ。嬉しそうに尻尾を振って目を輝かせる」

　その場面が想像できて澄香の胸もいっぱいになる。

「あの頃の私は一番ダメだった。モデルの仕事が行き詰まり、ブランドの立ち上げを友だちに相談したら、変な人たちが近づいてきてもう少しで騙《だま》されるところだった。なんとか大きな被害は免れたんだけど、でたらめな噂を流されて信用はがた落ち。何もかも嫌になって東京を逃げ出したんだ。それからもう、おばあちゃんの家でどんよりしているだけの抜け殻人間になったのに、子犬は私を見て喜ぶ。自分のすべてを託そうとする。情だけでは飼えないことはよくわかっていた。責任は重くて覚悟がいる。でも見なかったことにはできない。全部飲み込んで、腹をくくるしかなかったの」

　目元を拭う莉々子に気付き、ハティが歩み寄ってきた。かすかに鼻をならし、優しく寄り添う。莉々子は床に膝を突き、大きな身体を両手で抱きしめた。

　四年前、久しぶりに会った莉々子に元気がなかったことは、澄香も気付いていた。東京を引き上げたと聞き、何かあったんだろうなとは思った。けれど誰にでもそんなときはある、そのうち回復するだろうと楽観視していた。

じっさいは澄香が考えるよりずっと深刻な状況だったらしい。大きな挫折を抱えていれば、やみくもに自分を卑下してしまう。孤立感も疎外感も味わっていただろう。世の中に背を向け、捨て鉢になる気持ちもあったのかもしれない。

そんなときに巡り会った小さな、いや、すでにある程度大きくなっていた生き物は、莉々子の心を揺さぶり、まったくちがう世界への扉を押し開いた。

澄香は感慨と共にふたりの姿を見守り、自分自身の中に留めておきたくてスケッチブックを手に取った。線のひと筋ひと筋に気持ちを込めて描き起こしていく。自分が感じたままの光景。胸の中に流れ込んだ温かさ。ハティの呼吸。質感。莉々子の繊細な腕。毛並みに埋もれる指先。

描いていると莉々子が顔を上げ、スケッチブックをのぞき込んで目を丸くした。

「いいね、物語の中のひとコマみたい」

「そう言ってもらえると嬉しい」

「その絵、ほしいな。すごく」

「いいけど、まだスケッチの段階だよ。このままデッサン画にするか、彩色して水彩画にするか、シンプルにしてアート作品っぽくするか、方向性はいろいろある」

莉々子は「みんなほしい」と恐ろしいことを言ったのち、身体を本格的に起こした。

「すーちゃん、似顔絵も上手だったよね。特徴をよくとらえて温かみがあって、ほんの少し実物より良く描くさじ加減も絶妙で。わんちゃんも描けたりする？」

「そうだね。勉強や練習はいるだろうけど」

莉々子は向かいの椅子に座って身を乗り出す。

「イベントで似顔絵コーナーをやらない？　わんこと飼い主のツーショット似顔絵。有料コーナーで、もちろんすーちゃんにはギャラをお支払いする。世間の相場よりも低くはしない。ある程度の金額でもニーズはあると思うんだ。飼い主さんにとって愛犬にかけるお金はいわゆる『推し活』だから、楽しい思い出になることには気前がいいの」

思ってもみない話にとまどうも、ちょっとわくわくする。何より犬の関わる案件での莉々子は信用度抜群だ。

「前向きに検討してみる」

「やろうよやろう。最初は手探りな部分もあるから迷惑をかけてしまうかもしれないけど、どんどん善処していくから」

「一回だけじゃないんだ」

「たぶん複数回やらないと、さばききれない。あとさ、ハテイのロゴマークなんかも発注できる？」

莉々子の仕事先であるわんこステーション内に、ドッグカフェが今秋オープンするそうだ。おおよその規模が決まり、これから内装などを詰めていくという。そこに使うロゴマークがまだ決まってないと聞き、澄香の背筋も自然と伸びた。

「それ、コンペ形式でかまわないから提案させてほしい。店舗の内装も興味ある。デザイナーさんがもういるなら邪魔するようなことはしないから、すみっこで勉強させてほしい」

帰りの電車の中で、澄香はドア付近に立ち、暮れゆく町の風景へと目を向けていた。手の中にはスマホ。家に着く前に、雅司のＬＩＮＥに何か送ろうか。

三十四歳の誕生日が迫ってきた頃から、澄香は結婚を強く意識するようになった。雅司にもほのめかしてみたが、まだぎりぎり二十代だった彼にはピンと来ないらしい。

それからだ。彼の話の中で、あげられる名前のひとつひとつを気にするようになった。若い女性だとわかると、その人に雅司を盗《と》られることばかり考えてしまう。学生時代の友だちと出かけると聞いたときも、神経質に探りを入れた。ちょっとした言葉の端々に、疑心暗鬼を募らせる。

どうかしている。わかっていてもどうにもならない。

そもそも自分の中にある結婚願望ってなんだろう。今の中途半端な暮らしぶりが不安で、正社員として働く雅司にすがろうとしているだけかもしれない。雅司を逃したら、他にどんな人と巡り会えるのか自信もない。そんな計算が透けて見えてやりきれない。自分が情けなくて歯がゆい。

雅司には昨日のうちにLINEを送った。エッセイ漫画をまた描くかもしれないこと。その題材がタレント犬であること。中学のときの同級生に取材に行くこと。雅司からは、面白そう、頑張ってね、会ったときにいろいろ聞かせて、などと返ってきた。出会った頃と同じような、のどかな気持ちでいるとしたら、自分とちがいすぎる。よくない差異だ。

会ってちゃんと話そうとあらためて思う。結婚についても、これからのふたりについても。それぞれの気持ちを尊重するならば、相応の覚悟が必要なのだ。莉々子のあの決断を聞いたあとでは自分の肝もそれなりに据わる。たとえ哀しい結末になったとしても、雅司と過ごした日々への感謝もちゃんと伝える。できればずっと一緒にいたいけれど、「ずるずるこのまま」からは卒業だ。

スマホを起動させ、ふと思いついてバーニーズマウンテンドッグの子犬がいくらで買えるのかを検索した。ブリーダーからだと三十万円以上、ペットショップでは四十万円前後との相場が出てくる。

ハティは生後四ヵ月が経《た》っても買い手が付かず、ショッピングモールにあるペットショップにて、最終的に付けられた値段は十二万円だったという。

リーズナブルと喜ぶよりも、不安にかられてしまう価格差だ。

莉々子には覚悟だけでなく、勇気も度胸もあったらしい。

見習わなくてはと思いながら、澄香は駅まで送ってきてくれた莉々子とその愛犬たちを脳裏に浮かべた。

デザインの勉強を再開しよう。自分のスキルを磨こう。デザインの仕事に就けるようベストを尽くそう。

覚悟も勇気も度胸も、自分の中にきっとあるはずだ。

廃課金兵は買い物依存症の夢を見るか？

永嶋恵美

永嶋恵美（ながしま・えみ）

一九六四年、福岡県生まれ。二〇〇〇年『せん-さく』でデビュー。一六年「ババ抜き」で第六十九回日本推理作家協会賞短編部門を受賞。主な著書に『転落』『明日の話はしない』『ベストフレンズ』『視線』『一週間のしごと』、「泥棒猫ヒナコの事件簿」シリーズなど。

　せーの、と声をそろえる。ノートパソコンのディスプレイのこちら側と向こう側で。子供っぽいな、と毎回思う。

「反省会を始めます」

　やっていることが子供っぽいんだから構うもんか、とも思う。反省会なんて齢《よわい》四十を越えてやるようなことじゃない。最初、私はそう言ったけれど、やってみたら楽しかった。フクちゃんは正しかった。

『今日はミミさんからだよね。どうぞ』

　はーい、と教室の小学生みたいに右手を高く上げてみる。

「ひっさびさにアウトレットに行ったもんで、ヒャッハーってなって買いすぎました」

『内訳は？』

「言わなきゃダメ？」

『ダメ。毎回同じこと言わせない』

　画面に映るフクちゃんの顔には、眉間に縦皺《たてじわ》がくっきりと刻まれている。いわゆる渋い顔、だ。Ｚｏｏｍというアプリはありがたいもので、カメラに目線を送れば、画面に映る相手とは目を合わさずにすむ。私は敢《あ》えてカメラを熟視した。

「秋物のジャケットとパンツのセット、ジャケットのインに着るニットとカットソー」

『はい、質問です。本当は何を買いに行ったんですか？』

「オンとオフ両方で使えそうな、秋冬のスカートを買うつもりでした」

『ん？ スカート買ってないよね？』

「いや、どうもピンとくるのがなくてさ」

『もしや、ジャケットを合わせてみたらピンとくるかもと思って、試着室にジャケットを持ち込んだ？ で、ジャケットのほうが気に入っちゃった？』

「あ……はい」

『そこへ店員さんが、こちら上下セットになってますって言ってパンツを持ってきた？』

「なんでわかるの？」

『さらに、今の季節はカットソー、寒くなったらニットをインにすれば、長く着られますよって言われた？』

なぜそこまで知っている？ あの店の防犯カメラをハッキングしたんじゃないでしょうね、と言いたくなる。

『せめてニットかカットソーはやめようと思ったのに、今ならポイントが二倍ですよとか何とか言われた？』

「二倍じゃないよ、三倍って言われたんだもん。本日、二点以上のお買い物でポイント三倍になりますって」

『二点以上なら、ニットとカットソー買わなくてもポイント三倍になるよね？』

「でも、ニットとカットソーの分もポイント三倍だよ？」

『はい、本来の目的は？　本当は何を買うつもりでしたか？　ワンスモアプリーズ』

「……スカート」

『え？　聞こえない。もっと大きな声で』

「スカートです！」

『予定外のお買い物で使った金額の合計はいくらでしたか？』

「五万……じゃない、消費税入れたら六万超えだった」

　でもさ、と私は反論を試みる。

「アウトレット価格だから。ジャケットなんて、七十パーオフだったんだから！　定価で買ったらこんなもんじゃなかっ……」

　ストップ、と静かな声で私の反論は遮られた。静かだけれども、低くて凄《すご》みのある声で。

『割引率はともかく、財布から出て行ったのは六万超え。ひとまず端数は不問に付すとしても、六万円の無駄遣いですね？』

「はい……」

『反省しましょう』

「以後、気をつけます」

私はパソコンに向かって頭を下げる。

『本当に？』

「本当に。本当に気をつけるから」

心の底からそう思っている。必要なものだけを選んで買って、必要のないものは買わないようにしようと、決意している。今、現在の私の本心である。ただ、明日はわからない。これが何度めの決意になるかもわからない。

『ミミさんの本当は今だけなんだよねえ』

読まれた。反省会もすでに二桁開催である。お互い、わかりすぎるほどわかっていた。

「私のターン終了。フクちゃんの番だよ」

カメラに向かって、にやりと笑ってみせる。攻守交代、だ。

*

フクちゃんこと福本晴海《ふくもとはるみ》と、私、小野里美実《おのざとみのり》が仲良くなったのは、言ってみればコロナ禍のおかげだった。

勤務先は同じ私立大学ではあったけれども、彼女は学務課職員、私は図書館司書で、本来ならば接点らしい接点はない。何より派遣社員が派遣先で友人を作るなど、基本的にはあり得ない。私は司書ではあっても、大学から直接雇用されているわけではなかった。

もっとも、私のほうは以前から彼女の顔を知っていた。図書館に面した中庭のベンチで、一人、昼ご飯を食べている姿をよく見かけていた。案外、彼女のほうも私の顔を知っていたかもしれない。学生さんだらけの学内で、アラフォー女子は目立つ。

状況が変わったのが一昨年の二月、新型コロナ関連のニュースが急激に増え始めたころである。多くの教育機関がそうであったように、私の勤務先も休校し、卒業式は中止となり、そのまま春休みへと突入した。入学式は大学によって判断が分かれたようだが、うちの大学は中止した。新入生向けのオリエンテーションはリモートで行い、大学の講義もすべてリモートとなった。

学生は自宅待機となっても、職員はそういうわけにはいかない。利用者がいなくなっても、図書館には変わらずに蔵書がひしめいているように。

館内の展示や掲示物の作成・管理といった仕事はなくなったけれども、それ以外の対面で行っていた業務の多くがリモートとなったために、むしろ仕事量は増えた。あらゆるシステムの再構築が必要になったからだ。がらがらの電車に乗り、学生の姿が消えた大学で、私たちは「試行錯誤」を繰り返し、時には残業までした。

困ったのが昼食である。学食も売店も閉鎖、大学周辺の飲食店も軒並み休業となってしまった。そうなると、通勤途中にコンビニで食料を調達するしかない。弁当持参の職員も増えたが、生憎《あいにく》と私は朝に弱い。

図書館内には飲食ができる休憩スペースもあったが、屋内で飲食をするのが何となく怖かった。当時はマスクを外して飲食をすることに今よりもずっと抵抗があったのだ。それで、私は中庭へと出向くようになった。そう、フクちゃんのテリトリーである。

とはいえ、すぐに話しかけたり、仲良くなったりしたわけではない。「今日もいるな。今日もメロンパンだな」と認識するだけの日が続いた。遠目では気づかなかったが、彼女の昼食は、毎日メロンパンとペットボトルの紅茶だった。奇《く》しくも私と同じ。

後になって、私たちは「メロンパンは飽きにくい味だし、夏場でも常温で持ち歩ける。バッグの中で荷物につぶされても、さほど見苦しくならない。何よりコスパがいい」と、大いに意気投合した。

言葉を交わすようになったのは、中庭ランチも一カ月を過ぎたころだろうか。その日は複数あるベンチが全部埋まっていた。理由は明白、気持ちの良い晴天だったのだ。誰もが外で気晴らしをしたくなるような。

職員しかいない学内である。いつもなら、必ずどこかに座れたし、ちょっと待てば空きができるかしたのだが、その日は違った。三月にしては暖かく、風もなかった。それで、誰もが長居をしていた。どうしたものかと途方に暮れていると、「隣、座りませんか」とフクちゃんが声をかけてくれた。

「いいんですか？」

「メロンパン仲間だし」

「じゃ、遠慮なく」

とまあ、そんなやり取りだったように記憶している。やがて、雨の日以外は同じベンチでメロンパンを黙食し、食後はマスクを装着して、おしゃべりをするようになった。当時はまだ屋外でもマスクの着用とソーシャルディスタンスがうるさく言われていたから、私たちは間を一人分空けてベンチに座り、顔を前へ向けたままで話した。……今では、誰もそんなことをしないけれども。

さらに親密になったきっかけは、私が携帯していたポーチだった。ウェットティッシュやハンドジェルといった「対コロナ必需品」をひとまとめに収納して持ち歩いていたのだが、その日はいつもと違うポーチを持っていた。新しく買ったハンドジェルのボトルが大きすぎて、それまで使っていたポーチに入らなくなってしまったからだ。

「小野里さん、それってコラボですよね？」

黒のサテン地に黒いレースの縁取りをした大ぶりのポーチは、三十年近く昔に放送された女児向けアニメとのコラボ商品だった。

ゴシックテイストの服や小物を出しているそれなりのブランドだが、ポーチといえども高い。つまり、アニメとのコラボといっても子供向けではなく、大人のための商品だった。ゆえに、キャラクターの顔などは入っていない。片隅に小さくキャラクターのシルエットが刺繍《ししゅう》してあるだけである。周囲の目を気にせずに使えるし、かつての視聴者なら十分にそれとわかる、絶妙なデザイン。当然、私は発売日に行列して手に入れた。

「一目でコラボってわかるってことは……もしかして、福本さんって若い？」

そのアニメが放送された当時、私はすでに小学校高学年で、最終回のときには中学生になっていた。本来のターゲットである年齢層は女児、私よりもずっと下である。

「いやいやいや。私、いいトシこいて見てたんすよ、妹と一緒に。最終回のときなんて、もう小六だったし」

「やっぱ若いじゃん。私、中一だったよ」

「何言ってるんすか。そんなん誤差誤差」

「ちなみに私、三月生まれね」

ちょっとだけ若いアピールをしてみる。と、彼女は大げさに体をのけぞらせた。

「げっ。一カ月しか違《ちが》やしねえ。私、四月生まれだし」

かくしてソーシャルディスタンスとは裏腹に、私と彼女の心の距離は限りなくゼロに近づいた。短い昼休みでは全然しゃべり足りなくて、その日の夜、私たちは初めてのリモ飲み、つまり、自宅のパソコンからＺｏｏｍというウェブ会議アプリケーションを使ってのリモート飲み会を決行した。私たち職員は仕事柄、Ｚｏｏｍの扱いには慣れている。

娯楽と会話に飢えていた私たちは日付が変わるまでしゃべりまくり、次の週末にはオールで飲み会を開催しようと約束した。二年後の今、さすがに朝までという長時間はやらなくなったが、休前日のおしゃべり会と不定期の反省会は続き、私たちは「フクちゃん」「ミミさん」と呼び合う仲になった。

＊

「飲み会って、別に対面でなくても良かったんだねえ」

そんなことを言っていたのだから、まだ三度目か四度目のリモート飲み会だったような気がする。

『店で飲むより安いし、酔っ払って電車乗らなくていいし、メリットしかないっすよ。それに着ていく服に悩まなくてすむし』

「あ、最後のやつ、私は異議ありかなあ。コロナのせいで、せっかく買った服、着るチャンスがなくなっちゃった」

『そうなんだ。私、服買うの激ニガテなんすよ。店員怖いし。何より自分のセンスを信じていない』

「コロナじゃなかったら、一緒に行ってあげられたのに」

『いや、なんかもう一生Tシャツとデニムでいいから、その分、推しに貢ぎたいっす』

彼女の言う推しというのは、ゲームのキャラクターであって、人間のアイドルではない。それまで私が気づいていなかっただけで、彼女が職場で使っている私物の多くがゲームのコラボ商品だった。私が愛用しているポーチのように、「見る人が見なければわからない」グッズが今は数多く売られているのだ。

「一生Tシャツとデニムなんて、私だったら死ぬわ」

『服屋さんが困るから、ミミさんはちゃんと服買わないと。服代ケチって推しに貢ぐのは、私らの仕事っすよ』

「仕事かよ！」

朝までしゃべっていても飽きないほど、会話のノリはぴったりだったのに、趣味のほうは驚くほどかけ離れていた。フクちゃんは、ありとあらゆる時間とお金をゲームやアニメ、マンガにつぎ込みたい、自称「生粋《きっすい》のオタク」だった。彼女に言わせれば、私は「アニメとマンガを少々嗜《たしな》む一般人」だそうで、「うっかりこちら側に引っ張り込んだら罰《ばち》が当たりそう」だという。

ただ、私たちの場合は、そのかけ離れているのがかえって良かった。相手の言うことがいちいち新鮮で、意表を突かれたり、爆笑したりできた。

「フクちゃんはいいなあ。ゲームなら家でできるもんね。私なんて、よそ行きの服がタンスの中で腐りまくってる」

『じゃあ、今、着てみれば？』

「えー？　自分ちで着るの？」

『いいじゃないっすか、ちょっとだけ。ミミさんの勝負服、見たいなあ。見たいなあ』

アルコールの力もあったのだろう、彼女の言葉に乗せられて、私はパソコンの前でタンスの肥やしになっていたワンピースを着て、ＴＰＯに合わせたスカーフの巻き方などを披露していた。

「私ばっかりじゃ不公平だから、フクちゃんも何か見せてよ」

『わっかりました。ポチッとな』

突然、彼女の背後が変わった。一面の菜の花が消えて、二次元の美少年たちが現れたのである。所狭しと貼られたポスターだった。

当時は私も彼女もアプリで「バーチャル背景」を設定していて、部屋の様子が映り込まないようにしていた。散らかった部屋を晒《さら》すのが恥ずかしいと感じていたのだ。

「どこで買ってくるの、そういうの」

左端に映り込んだ棚には、ぬいぐるみだの小さな人形だのが並んでいたが、それらも彼女の「推し」なのだろう。

『ほとんど通販だけど、たまにイベント会場とか。あとコンビニ限定のオマケとか』

「確かに、服買ってる場合じゃないねえ」

『でしょでしょ？』

「ねえ、それだけじゃないよね？　他にもあるよね？」

『あるけど、私だけじゃヤダー。ミミさんもなんか見せてくれなきゃヤダー』

私たちは相当酔っ払っていたらしい。気がつけば、私はよそ行きのワンピースだのスーツだのを取っ替え引っ替え着ていたし、彼女は「秘蔵のお宝」をあれやこれやと引っ張り出していた。

『ミミさんってば、ワンピだけで何枚持ってるんすか。てか、カラダがあと三コか四コ必要なんじゃ？』

「そういうフクちゃんだって、ポスターとかタペストリーとか何枚持ってんのよ。ぜんっぜん壁が足りてないじゃない」

『何をおっしゃるウサギちゃん。所有することに意義がある！　キリッ！』

「フクちゃん、今、良いこと言った！　だよね、所有することに意義があるんだよね」

『テメーの稼ぎでテメーの推しに貢いでるんだから、誰にも文句は言わせない！』

「またまた良いこと言った！」

　要するに、趣味が百八十度異なっていたとしても、行動様式さえ似ていれば問題はない。かつて同じアニメを見ていたことで意気投合した私たちだったけれども、今は違っている部分がおもしろい。

腹筋が痛くなるほど笑い続けたせいか、翌朝になると声ががらがらに嗄《か》れていた。

＊

フクちゃんに見せてもらったのは、秘蔵のお宝だけではない。また別の日のリモ飲みで、現在進行形でハマっているというソーシャルゲームの画面も見せてもらった。

スマホの小さな画面でありながら、キャラクターは子供のころに見ていたアニメよりもずっときれいだったし、動きもなめらかだった。テクノロジーの進化に私は感心した。

「ねえねえ、ガチャっていうの見てみたい。やってみせてよ」

ゲームに疎《うと》い私でも知っている単語、それが「ガチャ」と「課金」だった。少し前に、未成年の高額課金が問題視され、新聞記事になっていたからだ。図書館の新聞を入れ替える際、頻繁に目に付いたからよく覚えている。

『ガチャっすか……うーん』

フクちゃんが眉間の皺を指先で伸ばしながら考え込んだ。

『今はパス。明日の五時か、十一時でないと』

「なんで？」

『確率上がる時間があるんすよ。激レアなやつ、アタリが出る確率。その時間を外すと石が無駄になるんで。あ、石ってのはゲーム内通貨のことです』

「五時って、勤務時間中じゃん」

『違います。午前五時。勤務時間外っすよ』

「そんなに早く⁉」

『ガチャ回したら、二度寝しますけどね』

二度寝をするためには、一度は起きなければならないわけで。私には絶対無理だ。

「十一時っていうのは、夜だよね？」

『いや、そっちも午前』

「思いっきり勤務時間内じゃん！」

『だから、トイレで回すんです。十連でアタリ演出が入っても二秒で飛ばせるんで』

「じゅうれん？」

『めんどくさいんで、ざっくり説明しますね。一連っていうのは、ガチャ一回分ってことです。タイトルによって違いはあるんですけど、私がやってるのは一連三百円。十連で三千円かかります。スマホ一回タップで十連まとめて回せるんで、電波状態が多少悪くても、一分あれば三十連か四十連はいけるんで、五分あったら……』

「ちょっと待って。十連で三千円って言ったよね？　三十連か四十連ってことは、九千円か一万二千円ってこと？　それが一分？」

『まあ、フツーは一分かからずにユキチ一枚溶けますね』

ユキチ。福沢諭吉。一万円札が一枚。一分かからずに溶ける？　一分足らずで一万円を使いきるという意味？

「社会問題化するわけだ、それじゃあ。親としては、たまったもんじゃないよねえ」

『それ、大昔の話っすよ。今は、未成年は月額の上限が決まってますから。どこの運営もガチャの確率は公表するし、天井つくるところも増えてきてるし』

「天井って？」

『規定の回数を回してもアタリが出なかったら、自動的にアタリをあげますっていうシステム。それ以上は課金しなくて済むんで、天井っていうんです』

「なるほど」

『今はもう、三ケイのない未成年はそもそも廃課金兵になれないシステムなんで』

「三ケイ？　はいか……何？」

『計画性と経済力と経験で三ケイ。これ必須です』

「ハイナントカのほうは？」

『廃課金兵。ハイな課金をする訓練されたツワモノども。人生ぶっ壊れかけてるんで、廃棄の廃と書いて廃課金兵』

フクちゃんは自分の鼻先を指さして、アイム廃課金兵、と言った。自嘲的な響きは皆無だった。むしろ誇らしげに見えたのは、私の気のせいだろうか？

「ところで、その天井っていくらなの？」

『ユキチ六枚っすね』

「高っ！　何それ高っ！」

『実際には、天井まで届く前に引けるんで。天井は安心感のためにあるっていうか、セーフティネットっていうか』

「ぜんっぜんセーフティじゃないって！　ゲームで一カ月に六万円とか」

『何言ってるんすか。欲しいレアが一カ月にたった一コだけだとでも？』

「え？　じゃあ、月額いくらになるの？」

『細かい金額まで覚えてたら廃課金兵は務まりませんて。金額なんて所詮、概念っすよ、概念』

六万円を超える金額を「細かい」と言い切れる神経の太さがすごい。

「てか、さっきから言ってるアタリとかレアって、結局のところデータだよね？　スマホが壊れたら消えちゃうんだよね？」

『サーバにバックアップがあるから、ＩＤさえあれば復元できます』

「いや、そういう問題じゃなくて。データは物じゃないじゃん。実体がないじゃん。それに何万も払うの⁉」

反論してくるかと思いきや、フクちゃんは眉ひとつ動かさずに『そうっすね』と答えた。

「そこは肯定しちゃうんだ？」

『実体がないのは確かだし。でも、実体がないから価値がないわけじゃないし。いわゆるコト消費ってやつ？　ライブ行ったり、映画観たり、そういうのだって物は残らないじゃないですか』

　それは確かに、と言いかけて気づく。

「いやいやいやいや。ライブも映画も一秒二秒じゃ終わらないって。だいたい、六万円もする映画なんてないじゃない」

危うく丸め込まれるところだった。じゃあ、とフクちゃんが唐突に話題を変えてくる。

『ミミさん、洋服買って失敗したことってないですか？』

「あるよ。もう数限りなく」

『失敗した服って、見るたびにへこんだりしません？』

「うん。へこむ。めっちゃへこむ」

『失敗が形になって残り続けるのって、実体があるモノの最大のデメリットだと思うんですよね。データにはそれがないんです。実体を持たないが故に。失敗したっていう後悔なしに、楽しい時間と想い出だけが残るって、いいと思いません？　思うでしょ？　思うって言えっ！』

「まあ……ね。そうかも」

『そうでしょうとも、そうでしょうとも！』

得意そうに言った後、『クレカの明細は別ですけど』とフクちゃんは小さな小さな声で付け加えた。

＊

その後も私たちは、相手の理解度などお構いなしに「戦利品」や「秘蔵の逸品」などを披露し合ったり、不織布マスクの品薄に耐えかねて「マスク自作会」などをやったりした。二人で話したいこと、やりたいことは数限りなくあり、平日は毎日顔を合わせているにも拘《かか》わらず、私たちは帰宅後もパソコンを立ち上げた。

ほどなくそこに「反省会」が加わることになった。正確には、いつものおしゃべりを「反省会」として独立させたというべきか。

きっかけは、一人十万円の「新型コロナ特別定額給付金」である。経済を回すのが目的なのだからと、口座に送金があった次の週末、さっそく買い物に出かけた。その日の夜は、リモ飲みの約束をしていたから、戦利品を見せびらかす気満々で出陣したのだが。

「経済、回しすぎた……」

コロナ禍前とは打って変わって客の少ないリアル店舗は快適そのもので、つい、調子に乗ってしまった。肩が凝らない素材のジャケット、Ａ４サイズの書類が入るバッグ、歩きやすい靴、防水仕様の靴……と、必要な品だけのつもりだったが、ジャケットに合わせたボトムスとインナーまで買ってしまったせいで、金額の合計は十万円を超えた。赤字だ。

『いいじゃないっすか。そういう趣旨の給付金なんだし。それに、そのバッグ、すっごい使いやすそうだし』

「そうなの！　しかもこれ、軽いんだよ！　スリーウェイ仕様だし」

　見て見て、とベルトを付け替えて、ショルダーバッグからリュックサックへと形状を変えてみせる。と、そこで手が止まった。

「でも、考えてみたら、私、リュックってあんまり使わないんだよね。背中が汗びっしょりになるから。ってことは、リュックにならないタイプで十分だったじゃん。そっちのがちょっと安かったじゃん……」

『ミミさん、ストップ！　それ良くない』

「何が？」

『さっきから、自慢と反省が混ざっちゃってる。せっかく気分が上がっても、自分で引きずり降ろしてちゃダメでしょう。自慢は自慢、反省は反省。そこはキッチリ分けないと』

　フクちゃんは時々、こちらが膝をぽんと打ちたくなるようなことを言う。

『そうだ、反省会やりましょうよ。ヤッちまったと思ったら、反省会。戦利品の見せびらかしっこは、別の日に。そのほうが絶対、メンタルにイイ』

「私ばっかり反省するんじゃ、イヤだなあ。なんか私一人がやらかしそうな気がする」

『じゃあ、必ず二人とも反省するってルールで。私だって、ミミさんに負けず劣らずユキチ溶かしてますから。ドローに持ち込む自信アリっすよ』

廃課金兵ナメんじゃねえぞと、フクちゃんは芝居がかった口調で言ったが、実際、そのとおりだった。私が買い物をしすぎたときが反省会の開催日となったのだが、いつ如何《いか》なるときでも彼女には反省すべき事柄があった。ユキチを何枚溶かしたか、何秒で溶かしたか、という違いはあったにせよ。

そして、彼女が廃課金兵であることが私の気持ちを少なからず楽にしてくれていた。これまでの友人たちのように、私の金遣いの荒さを非難したりしないし、呆《あき》れたりもしない。何しろ、六万円を「細かい金額」と言ってのけるのだから。

あんたね、カラダはひとつなんだから服ばっかり買ってどうするのよと、かつての友人に言われたこともある。渋い顔で、冷たい口調で、蔑みの眼差《まなざ》しで。

フクちゃんも似たようなことを言っていたけれども、げらげら笑いながらだった。「反省会」でツッコミを入れてくるときだって、眉間の皺は演技だとわかる。フクちゃんが反省する番になると、私だってツッコミを返すことができる。決して一方的ではなく、双方向の関係だ。それが心地よい。

　それに、私の買い物好きがフクちゃんの役に立つことだってあるのだ。コロナ禍がややましになったころ、フクちゃんが友人の結婚披露宴に招待されたときのことだ。

『どうしよう。私、もう一生、職場と家の往復だけでいいと思ってたから、まっとうな服なんて持ってないんすよ。ああいう服って高いんすよね？　ああ、石何コ分だろう。ガチャ何十連分？　ないわぁ。服でユキチ溶かすとか、ないわぁ。てか、空気読んでくれマイフレンド。同じ陰キャ仲間だからわかるだろ！　ああでも、同じ陰キャ仲間だからこそ祝福されたかったのか！　わかる！　私だって仲間のアラフォー婚を祝福してやりたい！　でもでも！　あー！』

　パソコンの内蔵マイクが音割れを起こす勢いで絶叫し、まくしたてると、フクちゃんは文字通り頭を抱えた。

「あのさ、フクちゃんって、サイズいくつ？　九号でいけるよね？」

『ものによっては。けど、腹回りはパッツパッツっすよ。たぶん』

「わかった。ちょっと待ってて」

　私は大急ぎでクローゼットの扉を開けた。整理整頓が苦手な私だが、よそ行きの服だけはすぐに在処《ありか》を特定できる。クローゼットの中身はすべて、ワンピースやスーツ、セットアップといった「よそ行き」だった。普段着のように、針金ハンガーでカーテンレールに引っかけるのは、さすがに抵抗があった。しかし、その結果、クローゼットはほとんど着ない服で満杯になってしまった。

その「着ない服」の中から、濃紺のワンピースとラメ入りのショール、小振りのハンドバッグを引っ張り出した。光沢があって、てろんと柔らかい生地のワンピースは晴れの場にふさわしいし、ほどよくゆとりがあり、ギャザーもフリルもないシンプルなデザインは、体型が気になるアラフォー向けである。

「これ！　貸してあげる！」

フクちゃんの口が「あ」の形に変わったが、私はお構いなしに、ワンピースの上にショールを重ねてみせる。

「二の腕、気になるよね？　だから、こっちのショールを羽織って。これ、結ばなくても大丈夫なやつだから。滑り止めもついてるし。黒い靴は持ってるよね？」

口を閉じるのを忘れたまま、フクちゃんは頭だけを上下に振る。

「濃紺に黒を合わせるときは、黒は差し色で複数がルール。だから、こっちのバッグね」

黒のレースに金の口金と金鎖の持ち手がついたハンドバッグを見せる。華奢《きゃしゃ》に見えるが、ご祝儀袋が無理なく入るサイズだ。これを最後に使ったのは何年前になるだろう？

「首回りのアクセは、明日、いくつか持って行くよ。顔に近いアイテムは、実際に合わせてみないとわからないからね」

『神いた！　ミミさん神！　ガチで神！』

「明日は荷物重くなるから、覚悟しといて」

その翌日、私はワンピースとショールとバッグ、それに肌寒い天候だったときのための薄手のコートを収納したキャリーケースを引きずりながら出勤した。昼休みには持参したアクセサリーのいくつかを、フクちゃんに実際に付けさせて、一番顔映りのいいネックレスを選んだ。いや、常時マスク着用なのだから、「首映りのいい」と言うべきか。

その間、フクちゃんは呪文のように「ミミさん神！」と繰り返し、しまいには柏手《かしわで》まで打ってきた。何を大げさなと思わないでもなかったけれども、死蔵するしかなかった服が役に立つのはうれしかった。

その後、フクちゃんが上京してきた同級生と会ったときにも、手持ちの服をコーディネイトして貸した。幸い、本人が言うほど「腹回りパッツパッツ」ではなかったし、身長も私より三センチ低いだけだったから、服選びはたやすかった。

フクちゃんには「ミミさんがいなかったら、気後れしちゃってあの子と会えなかった」と、それはそれは感謝され、私は大いに面目を施したのだった。

＊

もともと倹約とは程遠い性分だった私だけれども、数年前からそれに拍車がかかった。

きっかけは、離婚。その日のことを私は今でも鮮明に覚えている。半年足らずの短い結婚生活が破綻した日、背中の重しが一瞬で消えて、目の前がパーッと明るくなった。もう夫の顔色を窺《うかが》って、欲しいものを我慢しなくていい。好きな服を着ても文句を言われたり、蔑みの眼差しを向けられたりしない。あの解放感と共に、自制心までもが吹っ飛んでしまったのかもしれない。

元夫を知る人々は、「たった半年であってもモラハラ夫に耐えた」という事実を評価してくれた。私は自分の感じていた息苦しさが正当なものであるというお墨付きを得た。私はがんばったんだから、私は正しかったんだから、という思いを胸に開く財布はまるで魔法の杖《つえ》だった。たった一枚のワンピースが、たった一足の靴が、かつてないほど私を幸せにしてくれた。月末に郵送されてくるクレジットカードの請求書を見る瞬間を除いては。

もっとも、私の稼ぎは私一人のものなのだから、どう使おうが私の勝手だ。フクちゃんの言葉を借りれば「テメーの稼ぎ」である。とりあえず月々の帳尻さえ合っていれば問題はない。子供もいないし、両親の老後は兄夫婦が見てくれる。そのために、両親は自宅を二世帯住宅に建て替えたのだから。私はただ自分の食い扶持《ぶち》だけを何とかすればいい。

決して広いわけではないワンルームマンションは、あれよあれよと物で埋め尽くされていったが、それも幸せの証、あふれ出す幸福感が形になったもの。私はそう考えていた。

もちろん、失敗した服もある。これまたフクちゃんの指摘したとおり、実体があるモノであるが故に、いつまでも後悔と共に残り続ける。かといって、新品同様の品を捨てるのは苦痛である。服や靴、バッグを心の底から愛しているからこそ、つらくて捨てられない。

……が、私は巧《うま》い解決策を知っていた。

　買って後悔した品は、フリマアプリで売ればいい。金額的には赤字が残るけれども、少なくとも目の前から消えてくれる。ゴミにするわけではないから、心も痛まない。

ただ、この解決策を私はフクちゃんには黙っていた。なぜなら、彼女はフリマアプリを、正確には「転売屋」を毛嫌いしていた。気持ちはわかる。不織布マスクや消毒用アルコールが店頭から消えたとき、アプリの画面上にはそれらがあふれかえっていた。ありえないような高い金額がつけられているのを目の当たりにして、私も呆れ返ったし、嫌悪感も覚えた。

　早朝からドラッグストアに行列してそれらを買い占め、ネット上で転売している連中のことはニュースにもなったし、ＳＮＳでも話題になった。当時、日本中の良識ある人々が眉をひそめていたに違いない。

　フクちゃんによると、コロナ禍以前から不当な高額転売を行う連中はいたという。彼らが買い占めて転売するのは、国民的アイドルのライブチケットだったり、ゲームやアニメの限定グッズだったり。

『ヤツらはオタクの足下を見てるんすよ！　こいつらなら金払うだろうって！　許せな

い！　転売ヤーは我々の敵！　絶滅しろ！』

　転売屋とバイヤーを掛けた「転売ヤー」という言葉ひとつにも、フクちゃんをはじめとするオタクたちの憎悪が透けて見えた。そして、不当な高額転売がたやすく行える、フリマアプリの存在を彼女は蛇蝎《だかつ》のごとく嫌っていて、「盗品販売アプリ」とまで呼んでいたのだ。

　言えるはずがない。失敗した服を処分するのにフリマアプリを使っている、なんて。

　アプリの利用をやめるという選択肢は最初からなかった。司書の資格を持っているとはいえ、私は派遣社員、非正規である。かつての正規雇用に比べれば、明らかに年収が低い。いくら稼ぎのすべてが自分のものだといっても、思う存分に買い物を楽しめるような金額ではない。

　司書の資格があれば一生食いっぱぐれないなんて言ったの誰だよ、と毒づきたくなる。苦労して国家資格を取得してもこんなもんですよ、と自嘲的につぶやく。……給与明細を見ては、そんなことを繰り返していた。

　暗い気分を吹き飛ばす最良の方法が、リアル店舗で服を買うこと。通販ではなく。試着室を独占してあれこれ迷い、選びに選んだ服を抱えてレジに向かい、包んでもらい、店を出る。その一連の行動が必要なのだ。

　そのためにも資金が要る。失敗した服は即、換金したい。自分自身を幸せにするために。

＊

「人が戻ったねえ」

学食の片隅でメロンパンを齧《かじ》りながら、私はつぶやいた。コロナ禍以前と同じだけの学生さんたちが闊歩《かっぽ》するようになると、私たちアラフォーはやっぱり目立つ。

「てか、感染者増えてるのに人が減らないのがオドロキっすよ。だって、東京の感染者が三桁行く行かないってときに、ここって閉鎖されてたじゃないですか。三桁って、今じゃ鼻クソみたいな数字だし」

「さっさと行動制限かけて、十万円配ってくれたらいいのに」

買い物に行っても、値上げ値上げで気が滅入る。服を買えば紙袋代を取られるし、だからといって、好きなブランドの服をエコバッグで持ち帰りたくなんかない。

「ため息つくと幸せが逃げてくっすよ。って、昭和のばあちゃんか」

「私、ため息ついてた？」

「いや、まだ寸前。ため息つく気満々、みたいな顔してたから」

フクちゃんは鋭い。いや、彼女とのつき合いも二年を超える。気心の知れ具合もハンパないのだから、当然か。

「別のもの食べて、気分変えたらどうすか？　もう学食も通常営業なんだし、コンビニの棚にも商品はぎっしりあるんだし、何もメロンパンにこだわらなくても」

「そういうフクちゃんだって、メロンパン食べてるじゃん」

「私は推し以外に金を使いたくないんで。廃課金兵の糧食《レーション》はガチャ一連未満でないと！」

「私も同じ」

とはいえ、暗い顔ばかりしていたくはない。何か明るいことを考えようと、私は周囲に視線を巡らせる。

「ねえねえ、あっちの女子たちが持ってるマスクケース、あれってコラボだよね？」

水色や薄緑の髪の毛が特徴的な少年たちの絵は、最近、よく見かけるようになった。テレビCMも見たことがあるから、流行《はや》っているのは間違いない。

「ああ。姪《めい》っ子ちゃんっすか？」

「うん。ああいうの好きかなと思って」

私がそう答えると、フクちゃんはそのゲームのタイトルを教えてくれた。

「ただ、あれは家庭用ゲーム機のタイトルじゃなくて、ばりばりのソシャゲだから、姪っ子ちゃんにはまだ早いんじゃないすかね」

「でも、小学生でもスマホ持ってるし」

「どっちにしても、やってるかどうか、確認してからっすね。キャラゲーは好みの差が激しいから、手を出してないかもだし。まあ、好みでなくても、仲間内で流行り始めたら手を出すかな」

「そういうもんなんだ」

　オタクのことはオタクに訊《き》くに限る。私には同じにしか見えないキャラクターを、フクちゃんはきちんと見分けているし、どこのメーカーのコラボ商品の評判が良くて、どこの商品が「ネコまたぎ」状態に陥りやすいか、等々をよく知っていた。私はそれらの情報を「小学生の姪のために」彼女から聞き出している。

「姪っ子ちゃんに好かれたいオバチャンとしては、確実なところを攻めたほうが。ほら、こないだのグッズとか鉄板だったっしょ？」

　こないだのグッズというのは、女性向けゲームのコラボグッズである。カップ麺二個を買うとオマケとして付いてくるノートで、コンビニ限定の上に取り扱い店舗が限られていたためにあっという間に店頭から姿を消したらしい。たまたま入荷直後に居合わせたフクちゃんは、「姪っ子ちゃんのために」と最後の一冊を確保してくれたのだ。

「うん。ありがとう。すごく喜んでたよ。絶対手に入らないって思ってたって」

　絶対手に入らないと諦めていたので感激です、という文面が脳裏をよぎり、私はあわててそれを追い払った。

「あっ、そうそう。今日の夜、到着予定ってメール来てたんだった。こないだミミさんが敗北したアレ」

「あっ。保温ボトル？」

これも、同じゲームのグッズだったが、こちらは何かのオマケではなく、予約による注文品だった。もちろん、限定数に達すれば終了という品で、この手の予約は開始直後は回線がパンク寸前になるほど混み合う。いつまで経《た》っても次の予約画面に進めず、やっと画面が切り替わったと思ったら「完売」の表示が出たりするのだ。それで、私は予約の手伝いをフクちゃんに頼んでいた。

「フクちゃんに頼んどいて本当に良かった。今夜ってことは、明日受け渡しってことでいいのかな」

「そっすね」

フクちゃんがまっすぐに私を見たかと思うと、目を伏せた。

なぜか、いやな予感がした。

その日の夕方、フクちゃんから「緊急事態」とスマホにメッセージが入った。まだ私は勤務時間中だった。対面で授業が行われるようになると、図書館の開館時間も元に戻り、遅番の日が増えたのだ。

『階段でコケて足をひねりました。明日は休むと思うんで、頼まれたブツ、宅配で送ります。住所、教えてもらっていいですか？』

急がないからわざわざ送ってもらわなくても、と打ち込みかけて、私は文面を消した。コラボ商品の保温ボトルをフクちゃんに頼んだのは、「姪っ子の誕生日にプレゼントしたいから確実に手に入れたい」という理由だった。そういう理由にしていた。

住所を送信して気づく。私たちはお互いの住所を知らなかった。しょっちゅう家で飲み会をしているものの、リアルで行き来したことは一度もないのだ。

『明日の朝イチで集荷に来てもらえば、明後日の金曜日にはミミさんちに着くはず。今週のうちに姪っ子ちゃんに渡せますよね？』

ありがとう、お大事にとだけ打って、私はＳＮＳの画面を閉じた。

＊

翌日の夕方もまた、フクちゃんから「緊急事態２」と称するメッセージが入った。今度は早番の日で、ちょうど帰宅したところだったから、即座にパソコンの前へと向かった。

「どうしたの？」

見慣れた画面はいつもと同じだが、めずらしくフクちゃんがバーチャル背景を設定している。お互いの部屋を見せるのが恥ずかしかった最初のころはともかく、最近ではいちいち背景の設定などやらなくなっていた。

『先に謝っときます。ごめんなさい。足を怪《け》我《が》したっていうのは嘘《うそ》です』

なぜ、と私が尋ねるよりも先に、フクちゃんは言葉を継いだ。

『でも、ミミさんだって嘘つきましたよね？』

心臓が跳ねる。嘘なんかついてないよという自分の声が遠く感じる。

『だって、姪っ子ちゃんにプレゼントなんてしてなかった。これ、ミミさんが出品したやつですよね？』

画面に大写しになったのは、フクちゃんが「姪っ子ちゃんのために」と確保して譲ってくれたノートだった。そして、彼女は呪文を唱えた。……私のＩＤだ。フリマアプリの。

『これ、パッケージの隅っこに油性マジックで目印入れといたんです。画像をちょっと拡大すればわかるように。ゲームのロゴとそっくりだったから、デフォで入ってるマークだと思ってたっしょ？　ミミさんの知識の乏しさを利用させてもらいました』

こんなことなら、自分で撮影した画像を使わずに、ネットに転がっている画像を流用すればよかったという考えが脳裏をかすめる。……転売ヤーの常套《じょうとう》手段だ。

『他の人に買われる前に泣く泣くポチりましたよ。何やってんだオレってもんです。でも、しょうがない。物的証拠だし』

私は「匿名配送」という、相手も自分も本名を伏せておけるシステムを利用していた。自分の身元がバレる恐れがない代わりに、取引相手の身元もわからない。だから、取引相手がフクちゃんだとは思いもしなかった。

『ＩＤ特定できたんで、出品履歴も概《おおむ》ね把握しました。ミミさん、押しも押されもせぬ転売ヤーじゃないっすか』

最初は失敗した服を処分するだけだった。次第に、クレジットカードの限度額ぎりぎりまで買い物をしてしまうことが増え、少しずつ切り崩していた貯金も底をついた。買い物のためのお金を確保するために、使用感の少ない服や小物類を出品するようになった。とはいえ、それらは購入金額よりも安かったから、まだ「高額転売」ではなかった。

一線を踏み外してしまったのは、あのアニメコラボのポーチが出品されているのを目にしたときだ。それは使用済みであったにも拘わらず、元値と同等の価格で取引されていた。未使用ならばもっと高額だろうと、私は色違いで買っていた未使用のポーチを出品してしまったのだ。

控えめに上乗せした金額のポーチは、出品するなり売れた。文字通り秒速だった。これでまた買い物ができる、と思った。その安堵感《あんどかん》が後ろめたさを吹き飛ばしてしまった。

『急に姪っ子ちゃんの話とかするようになったから、変だなって思ってたんです。それまで実家の話なんて全然しなかったのに』

ゲームに興味がある姪にプレゼントしたいからと、私はフクちゃんからゲームのコラボ商品に関する知識と情報を引き出した。彼女から得た情報だけでなく、学内にいる女子学生の持ち物を観察し、他愛のないおしゃべりを立ち聞きした。今、何が流行っているか、何に需要があるのかを知るには、大学図書館の司書という職業は最適だった。

「嘘ついたのは謝る。ごめん」

謝って済む話じゃないことくらい、わかっていた。これで、フクちゃんとの友情も終わりだ。「絶滅しろ」と罵倒するほど忌み嫌っている連中と、私は同類なのだから。

パソコンの前でよそ行きの服を取っ替え引っ替えしたこと、彼女のお宝コレクションに呆れ返ったこと、不器用な手付きで二人してマスクを自作したこと……一度に蘇《よみがえ》って、泣きそうになった。

『シラを切られたらどうしようって思ってたんすけど、良かった。ミミさん、まだ向こう側に行ってなかった』

「シラを切るも何も、動かぬ証拠ってやつを突きつけられたら、認めるしかないじゃない。それだけだよ」

パソコンの画面から目を逸らす。だから、このとき、彼女がどんな顔をしていたのかはわからない。ただ、妙に静かで、どこか思い詰めた気配さえある声がした。

『それだけでも、どれだけでも、そんなのどうでもいいんです。とにかく、転売やめてください。今すぐ、やめるって約束してください。でないと』

「でないと、何？」

私はわざと挑戦的な口調で言ってみる。無理だ。もうやめられない。たぶん。

『税務署にチクります』

「なあんだ。そんなこと……」

『そんなことじゃないっすよ。転売の儲《もう》けって税金かかるんすよ？　ミミさん、最初に転売で利益出したのは去年でしたよね？　私が特定できた範囲だから、もっと前？　どっちにしても、今年、確定申告してないですよね？　脱税じゃないですか』

　確定申告。単語は知っていても、やってみたことは一度もない。何より、税務署がどこにあるのかさえ知らない。脱税と言われても、ピンとこなかった。

『履歴見た感じだと、結構な儲けを叩き出してましたよね？　あの金額だったら、間違いなく追徴課税っすよ。ミミさんとこの派遣会社がどういう扱いにしてるかは知りませんけど、副業はダメって言われません？』

　それに、とフクちゃんが小さく息を吸い込んだ。私は思わず身構える。

『私、学務課の人間ですからね。保護者からの通報を装って、大学側にチクります。図書館司書が高額転売で荒稼ぎをしている、教育機関の職員としていかがなものですかって』

　何それ、と私は絶句する。そこまでやる気かと訊き返すまでもなかった。

『転売ヤー撲滅のためなら、私、なんだってやりますよ』

　だろうな、と思った。転売による利益というものは、本来ならばあるはずのない利益で、正当性などカケラもないのだと、フクちゃんが強調していたのを覚えている。定価で手に入るはずだったものを横からかすめ取って、払わなくていい金を払わせる。取り締まる法律が整備されていないだけで、犯罪行為なのだと。そんなことはわかっていた。

私は取引相手がアプリの評価欄に「絶対手に入らないと諦めていたので感激です」などと書いてくれるのを免罪符にしていた。喜んでくれる人がいるんだから、別にいいよね、と。そう、私だって罪悪感を覚えていたのだ。悪いことをしているという自覚はあった。

『今の仕事なくしてまで転売続けます？　それって、本末転倒ですよね？　司書の仕事なくしたら、ガチで詰みますよね？　自分の生活を守るため……って言っても実感薄いか。ええっと、そうだ。買い物できなくなってもいいんですか？　お洋服が一枚も買えなくなるって考えたら、そっちのが怖いでしょ？』

顔が強《こわ》ばるのが自分でもわかった。短い結婚生活の記憶が、閉塞感とも圧迫感ともつかない何かを伴って蘇る。脳味噌が凍り付いたように動きを止める。息が苦しい。

『約束するって言ってください。もう口先だけでも何でもいいから、とにかく言って！　約束します。はい、リピートアフターミー』

いやだ、考えたくない。もう何も。私は鸚鵡《おうむ》返しに「約束します」と口にする。

『ああ、良かった。ウェーブ1、クリアだ。次、ウェーブ2』

「まだあるの？」

こっちはお願いなんすけどね、といつもの口調で言うなり、フクちゃんの顔が大写しになった。何か重要なことを言うとき、彼女はパソコンのカメラに顔を近づける癖がある。

『病院に行きましょう』

「なんで？　私、どこも悪くないよ？」

『ミミさんは金遣いが荒いんじゃなくて、買い物依存症。病気です』

いくらなんでも病気はないと反論したが、フクちゃんはきっぱりと首を横に振った。

『端から見て呆れるくらいお金を使ってたとしても、管理できてれば問題ないです。でも、ミミさん、自分がいったいいくら使ってるか把握してないですよね？　しかも、無理矢理お金を工面してまで買い物しようとしてますよね？』

「別に、お金の工面なんか……」

『ミミさんの部屋って、最初はすごいことになってたじゃないですか。カメラに映る範囲だけでも靴の箱が積み上がってたし、服とか所構わずぶら下がってたし。それが、一年くらい前から少しずつ消えて、最近なんて、フツーのヒトの部屋みたいになっちゃって』

あれは断捨離で、と答えたが、苦しい言い訳だ。見抜かれているのはわかっていた。

『あれ、お金が回んなくなって、売っ払っちゃったんですよね？』

反論できなくなって口をつぐむ。図星だ。

『だいたい、昼ご飯にメロンパンをずーっと食べ続けるなんて、おかしいんすよ。いくら節約するったって、フツーの人は続きません。それを二年以上。あり得ないでしょう』

「そういうフクちゃんだって、同じことをしてたじゃない」

『だから、人生ぶっ壊れかけてるって言ったじゃないですか。私と同じことしてる時点で、ヤバいんすよ。いや、病識がない分、ミミさんのほうがヤバい』

ヤバい。そうだ、ヤバいと自分でも感じていた。ただ、それは自分がだらしない性格だからだと思っていた。この性格のせいでヤバいのだと。

『病気なんだから、素人療法はダメです。今すぐ病院行きましょう。五分後に迎えに行きますから、すぐに支度してください。二十時で予約取ってるんで』

「五分後？」

『ポチッとな』

バーチャル背景が解除されると、白い壁が映っていた。フクちゃんは自宅にいたのではなかった。

『私メリーさん、今、あなたの家の前にいるの……じゃなくて、ミミさんちの近所。駅前のネカフェにいるんすよ。イマドキのリモート会議用ブースってすごいっすね。完全防音だし、後ろ真っ白にしてあるし』

「なんで、うちの住所が……あっ」

足を怪我したっていうのは嘘です、というフクちゃんの言葉を思い出す。あれは、私の住所を聞き出すためについた嘘だったのだ。

『病識ないヒトって、病院行く詐欺やらかすから。もうラチって強制連行っすよ』

私の住所を聞き出した後、彼女は病院の予約を入れた。早番の日、私が何時に帰宅するか、彼女はよく知っている。そして、最寄り駅までやって来て、ネットカフェに入って待機した。

フクちゃんがどこに住んでいるのか、私は知らない。けれども、通勤時間は私よりも長いし、都民ではないとも言っていた。ということは、それなりに遠い。交通費とネットカフェの利用料だけで「ガチャ何連分」になるのだろう？　それに費やした時間と労力は？

「どうして、ここまでやってくれるの？　私、嘘ついてたんだよ？　フクちゃんの大嫌いな転売ヤーなんだよ？」

私の問いには答えず、フクちゃんは質問に質問で返してくる。

『服が買えなくなるって言われたときのミミさん、どんな顔してたかわかります？』

「知らないよ、そんなの」

声がかすれた。鼻の奥がつんと痛くなる。

『完全に思考停止した、能面みたいな顔。私、その顔をよく知ってるんです』

私は目を見開いた。妹、とフクちゃんが言ったからだ。

『妹が買い物依存症で。姉が廃課金兵、妹が買い物依存とか、笑っちゃうでしょ、家庭環境どんだけって。だから、ミミさんの部屋見ててヤバいって思ったし、嘘ついてるのもわかった。何もかも、妹のときとそっくりだったんで。ほっとけるわけないじゃないですか』

　そうだった。フクちゃんには女児向けアニメを一緒に見ていた妹がいた……。

『職場のブツに手をつける前に何とかしてやれなかったのかって、私、今でも夢に見るくらい後悔してるんですよ。なのに、病院行く行く詐欺に引っかかっちゃって。同じ轍《てつ》は踏みたくない。もう後悔したくないんです。だから、妹のときより早く手を打ったんです』

　どうやら彼女は、金策に困った私が図書館の本を持ち出すのではないかと危惧《きぐ》していたらしい。そういえば、蔵書の盗難対策に苦慮していると話した気がする。いや、話した。間違いなく。

　毎日のようにパソコンの前でおしゃべりをしたのだから、もう話していないことのほうが少ないのではないか。ふっと何かが緩んで、不意に呼吸が楽になる。私はずっと苦しかったんだと、ようやく気づいた。

『ま、同病相憐《あわ》れむってヤツですかね。こっち側で仲良くやりましょうよ』

ありがとうと言いたいのに、言葉が出ない。

『わっ、もう五分経っちゃった。三分で支度してください！　超《ちょ》っ早《ぱや》で行きます！』

涙を拭きながら、私はうなずいた。

わらしべ長者のつくりかた

福田和代

福田和代（ふくだ・かずよ）

一九六七年、兵庫県生まれ。金融機関のシステムエンジニアとしての勤務を経て、二〇〇七年、航空謀略サスペンス『ヴィズ・ゼロ』でデビュー。主な著作に『TOKYO BLACKOUT』『ハイ・アラート』『怪物』『迎撃せよ』『潜航せよ』『生還せよ』『繭の季節が始まる』『梟の一族』など。

——棚からぼたもちを待つ。

岡田《おかだ》拓海《たくみ》の座右の銘だ。

体力はなく、頭脳も十人並みでしかない自覚がある。できれば手足を酷使したり、頭脳をフル回転したりしなくても、成功や幸運に転がりこんでもらいたい。

（よく言うよ、あつかましい。そんな美味《おい》しいサプライズ、今まで一度だってあった？）

棚ぼた願望を口にするたび、姉の萌《もえ》には凍てついた視線を向けられているが、幸運を願うことの何が悪いのか。

萌はまじめ一方で、結婚しても続けられる職業に就きたいと、専門学校に通ってウェディングプランナーの資格を取った。結婚式はこれからも絶対なくならないと考えての深謀遠慮だったらしいが、直後にコロナ禍が起きて、結婚式そのものが蒸発したかのように激減する時代が来たのだ。

せっかく勤めはじめたホテルも、経営が怪しくなって外資系に売却され、萌は真っ先に人員整理の対象になって、会社が事業の多角化で始めた介護の仕事を紹介されたらしい。萌は、それでもめげずにヘルパーの勉強をして介護職に転換した。将来はケアマネージャーの資格も取ると言っている。そういう点は偉いと拓海も思う。

「拓海もそろそろ、何かやりたいことないの」

週に三度は拓海の母親とおしゃべりしに来る祖母が、ダイニングにどっしり尻を据え、瑞々《みずみず》しい桃を剝《む》いて食べながら、こちらを見る。祖母の家は、拓海と家族が住むマンションから歩いて六分の一戸建てだ。

「――ないですねえ」

拓海はあいまいに笑って冷蔵庫からコーヒー牛乳の紙パックを出し、グラスに注いだ。話しかけられるとめんどくさいので、祖母がいると知っていたら自分の個室から出てこなかったのだが、つい飲み物を取りに来て遭遇してしまった。

「ねえ、学校に行きなおす気があるなら、おばあちゃんがへそくりを出してあげるよ」

「ちょっと、お母さん。そんなこと言ったら、拓海が本気にしちゃうじゃない」

母の園《その》子《こ》が急いで止めにかかるが、祖母はまじめな顔で口をとがらせた。

「あらやだ、あたしは本気で言ってるんだよ。孫に教育資金を贈与するのは、千五百万円まで非課税なんだ。といっても、あたしのへそくりなんか知れてるから、出せるのはほんのちょっぴりだけどね」

てへへ、と祖母がおどけて頭に手をやる。

二年前に祖父が亡くなり、小さな戸建てを守ってひとり暮らしをする祖母は、年金で生活している。いくらもらえるのか知らないけど、働かないでお金がもらえるのはうらやましい。もちろん、若いころに頑張って働いて、それで年金保険料を払ってきたんだから、もらって当たり前なんだろうけど。

「だからさ、大学や専門学校に行く気があったら、とりあえず相談してみてよ。いくらかおばあちゃんが出せるかもしれないから」

「拓海、ありがたいじゃないの。おばあちゃんがこんなことを言ってくれるなんて。学校、行く気はないの？　あんたが大学行きたいって言うなら、お父さんだっていくらか出してくれるよ」

たしかにありがたいが、肝心の「やりたいこと」がない拓海は、首をかしげ「うーん」と煮え切らない返事をして、グラスを持って二階の自室に戻った。

高校を卒業して、私立の大学をいくつか受験したものの、みごとにすべて落ちてしまった。一浪してもいいと両親は励ましてくれたけれど、勉強はそんなに好きじゃないし、むしろ苦手。大学でやりたいことがあったわけでもなかったので、そのまま高卒採用で市内の中小企業に就職したのだ。

ダイニングテーブルや椅子などの木製家具をつくる、地場のメーカーだ。七年ぶりの新卒採用で、社長はじめみんな喜んでくれて、親切に仕事を教えてくれた。

だが、いちばん年齢が近い社員が、四十代のカワカミさんだというのは少々きつかった。

二十歳以上も年が離れていると何を話せばいいのかわからず、職場でどんどん寡黙《かもく》になっていった。七年前に採用された大学卒の新人も、それを苦にして辞めたと聞いた。

結局、半年ほどしか続かなかった。

その会社の高卒の基本給は、額面十六万五千円。仕事ができないから残業がないかわり、残業代もつかない。年金保険料、健康保険料、所得税を引かれて、手取りは十三万八千円ほどになる。

――週に五日、毎日八時間働いて、会社と自宅をせっせと往復して、これだけなのか。

二年目からは住民税も引かれると聞いて、背筋に悪寒が走った。

そのささやかな給料から三万円を食費のつもりで家に入れ、せめて五万円、貯金に回すことにした。残りは自由に使える小遣いだ。

実家にしがみついている拓海は、まだ余裕がある。家賃、水道光熱費、食費と、すべて自分で賄わなければならないとしたら――と考え始めると、さらに気が重くなった。

結婚するならよそに家を借りなきゃいけないし、子どもが生まれたら、赤ん坊のおむつ代にミルク代、保育園、少し大きくなったら食費に学費――もちろん夫婦共稼ぎでがんばるとしても、自分の給料でそんな生活が本当に可能かと不安になる。

あのまま会社に勤めていたら、少しずつ給料は上がっていくだろうが、それが定年まで四十年以上も続くと考えると、むなしい気分にもなった。

働いた期間が短かったし、自己都合の退職だから雇用保険は出ない。一年ほどぶらぶらして、たまに友達の親に頼まれて飲食店を手伝ったり、飲食デリバリーの配達員をやってみたりした。それだってたまにする小遣い稼ぎならいいが、長く続ける仕事にはできそうもない。

――大学か。

試しに、就職サイトでいろんな企業の大卒初任給を見てみた。たいてい、二十万から二十三万程度のようだ。

――なんだ、高卒とそれほど変わらないじゃん。

手取りにしてたったの数万円しか違わないことに、愕然《がくぜん》とする。十年、二十年と勤めていれば、役職がついたりして給料も上がっていくのだろうか。だけど、聞くところによれば、今の日本企業では役職につける人の数が減ってきたというし、年功序列制も少しずつ失われているというから、大学を出てひとつの企業で長く働くという働き方は、今では通用しないのかもしれない。

「やっぱり、こっちのほうがマシかな」

コーヒー牛乳をひと口飲んで、ノートパソコンに向かう。開いたのは暗号資産を売買する取引所のホームページだ。

会社を辞めた後、拓海が熱心に探したのは、「棚ぼた」でお金を稼ぐ方法だった。親に話せば、そんなものはない、地道に汗を流して働けと叱られただろうけど、あったのだ。

――ビットコインへの投資という手段が。

熱狂的なブームはとうの昔に去っていたけれど、自分とほとんど変わらない年齢で億単位のお金を稼いだ若者が、「億り人」なんて呼ばれてインタビューを受けたり、本を書いたりしているのを読んだ。「億り人」って呼び方はイマイチだけど、若いのに一億円稼いだなんて、超かっこいい。

拓海の目と心は、彼ら「億り人」たちに吸い寄せられた。暗号資産なんて詐欺《さぎ》だ、博打《ばくち》だと言われたり、オワコンだとも嘲笑されていたけど、それがどうした。

最初に勤めた工場で貯めた三十万円ほどは、何かあった時のために手をつけず守ってきた。

だけど、普通預金口座に預けていても、ほとんど利子なんかつかない。利率0・001%ってことは、元本に0・0001を掛け算するってことだ。ゼロの数が多すぎて、めまいがする。

コロナ禍でどうかと思ったけど、外食も旅行もできず、使い道のないお金が流れこんできたのか、暗号資産の市場は意外ににぎわっていた。買うならビットコインだと、何かの記事で読んで覚えていた。暗号資産は千種類以上も存在しており、一般的な取引所で売買できる通貨だけでも数種類はある。中でも、相場の動きが大きく、損する可能性もあるけれど、大きく稼げるのはビットコインだ。

　おかげで、ビギナーズラックかもしれないが、初心者の拓海の三十万は、ほんの三か月で倍になった。

　三か月で倍になれば十分だ。そう思って売り抜けたら、いくばくもなく暴落した。下がったところでこわごわ買い戻したら、今度は四か月でまた倍になった。残高は、ほぼ百二十万円だ。

　あのまま会社にとどまり、月五万ずつ貯金していたら二年はかかる金額が、一年もたたずに稼げた。毎朝、眠い目をこすりながら起きたり、重い材木を無理して持ち上げたりする必要もなく。

　――ひょっとして、投資の才能があるんじゃないの。

　ビットコインはもっと値上がりすると思ったので、今度は売らずに持っていたら、突然、暴落が始まった。底の見えない坂道を、ころころ転がり落ちていくような値下がりだった。

　いちど暴落が始まると、心理的に逃げられなくなってしまうのだ。こんなに下がったところで売るなんてばからしい。もう少しすればきっと反転するから、そのタイミングで売ればいい。そう考えて画面を睨《にら》んでいるうちに、嘘《うそ》みたいなスピードで価格が下がり、あっという間に半値になった。六十万円を損して、残高は六十万円だ。

　――それでも最初の金額の倍なんだから。

そう自分を慰めるしかない。

暗号資産は値動きが激しい。だからこそ、うまくいった時は大きく稼ぐことができるが、失敗すれば瞬時に資産を失う。それを痛感した。

この国の最低賃金は県によって異なる。拓海が住んでいるこの地域では、九百円にも届かない。汗水流して一時間働いて、時給八百円台かと思うと、たとえ博打みたいな暗号資産取引だろうと、魅力的に見える。

――さて、いくらになったかな。

ビットコインの値動きは激しいので、暇さえあればついつい価格を見てしまう。癖みたいになっている。

今日は若干、売り攻勢が激しいようで価格が下がっているが、残高はそれほど減ってはいないはず――と自分のビットコイン残高と円換算額を見て、拓海は目を丸くした。

――ゼロ。

えっ、どういうこと。

何かの見間違いか。目をこすり、画面を見直す。保有資産の欄を、画面に穴があくくらい、何度も見直したけれど、やっぱり残高はゼロだった。

目の前が真っ白になった。

「残高が消えたって、どういうこと？」

村《むら》井《い》健《けん》斗《と》が眉間にしわを寄せて首をかしげる。小学校からのつきあいだ。高校時代も腐れ縁で、拓海がさっさと就職を決めたのを尻目に、健斗は電車で一時間の私立大学に入学して、四年間の自由を楽しむのだと言っていた。

あれから三年と少し。健斗は三年生のうちに就職先から内々定をもらい、あとは飲食店のアルバイトで稼ぎつつ、残された自由を満喫するつもりらしい。

実家暮らしだから、お金に余裕があるかと言えば、そうでもないという。大学の学費は親に借りていて、就職すれば少しずつ返す約束をしているそうだ。

「学生支援機構に借りるより、利息が付かない分マシだから」

というのが健斗の弁だ。

昨年転倒し、足が不自由になった祖父が同居していて、健斗も自宅にいる時には祖父の介助を手伝っている。

「そろそろニュースになるけど、暗号資産の取引所が、ハッキングされたんだって」

あまりの衝撃に二時間くらい茫《ぼう》然《ぜん》自《じ》失《しつ》してしまったが、取引所に問い合わせてようやく被害が発覚したのだ。

「取引所の責任で返金してくれるらしいけど、時間がかかるって」

「ひでえ。災難だったな」

頷《うなず》き、拓海は健斗のお母さんが集めているアジアン雑貨風のクッションに顎を埋《うず》め、ため息をついた。

お金が戻ればそれで問題なしというわけでもない。残高がゼロになっていた時の、あの衝撃。心臓が止まりそうなくらい、ビビった。そのせいで、残高が元通りになっても、暗号資産の取引を続けられる自信がなくなってしまった。

「あーあ。働かないで暮らす方法、見つけたと思ったんだけどなあ」

拓海の嘆息を、健斗はもの言いたげな表情で聞いている。黙っているのは、まじめに働けなどと言ったところで、拓海が喜ばないと知っているからだ。

子どものころからのつきあいで、健斗の物堅い性格は熟知している。学校の宿題や提出物を忘れたことはないし、夏休みの宿題だって、八月に入るころにはもう完成していた。

――つまんねえやつ。

そう思うこともあったけれど、その「つまんない」健斗は、来年の春から一部上場の薬品メーカーで営業担当として働く予定だ。初任給はたいした金額でなくても、健斗のことだからまじめに頑張って、どんどんいい給料をもらうようになるのだろう。

「あーあ。おれ、わらしべ長者になりたいよ」

拓海はクッションにしがみつき、ソファに転がった。

「わらしべ長者？」

「日本昔ばなしにあるだろ」

いろんなバリエーションがあるけれど、一本のわらしべを拾った貧しい若者が、別の品物との交換を繰り返して、最後は貴重品を手に入れて長者になるという大筋は同じだ。

「拓海は、ほんとに働くのが嫌いなんだな」

健斗が、感心したみたいな声で言った。

「前にも言ったじゃん、一か月の手取りを、働いた時間で割り算したら、実質的な時給は八百六十円ほどだったの。駅前のソバ屋でカツ丼食べたら終わりだよ。健斗はそんなこと考えないの？　働かないとご飯を食べられないから、しかたなく仕事するんだろ」

「仕事が好きって人もいるよ」

そんなの、健斗みたいな変わったやつに違いない。あるいは、歌手とかユーチューバーとか、自分の好きなことを社会に認められて、それがお金にもなるような、めざましい才能を持っているか。

「拓海君、わらしべ長者、面白いじゃないか」

どこか低い位置からしわがれた声が聞こえてきて、拓海はきょろきょろとあたりを見回した。

「じいちゃん」

村井家の居間は、隅が和室の小上がりみたいになっていて、そこだけ障子で仕切られている。その小さな和室から、健斗の祖父が話しかけていた。

「じいちゃん、また面白がって」

健斗が眉をひそめている。健斗の祖父、充郎《みつろう》は、足を痛めてからめっきり身体が弱り、食が細くなったせいか、身長も縮んでしまった。畳に低い籐椅子を置いて腰掛け、膝に薄い毛布みたいなのを掛けている。エアコンを緩めにかけているので、拓海には室内が暑いくらいだが、老人は寒いらしい。

その小さな身体で、健斗の祖父はクワクワクワとアヒルみたいに笑った。

「なに、いいじゃないか。まだ若いんだから、思うようにやってみたらいい。わらしべ長者作戦がうまくいかなくても、失うものはわらしべだけだろう？」

拓海は思わず笑顔になって身を乗り出した。充郎じいちゃん、いいことを言うではないか。たしかに、わらしべ長者の話のもっとも美味しい部分は、万が一失敗したところで、失うものは少ないということだ。

「じいちゃん、拓海の人生なんだからね。いいかげんなこと言わないでよ」

じいちゃんが困ったように頭をかいた。

「君らはほんと、健斗と拓海君の性格を、足して二で割ればいい具合なのにな」

拓海は健斗と顔を見合わせた。

「拓海君、わらしべ長者のキモは、なんだかわかる？」

「キモですか」

キモってのは、重要なポイントってことだろう。考えてみたけれど、あのおとぎ話に大事な点なんかあるとは思えなかった。

「しいて言うなら、主人公の若者は運が良かったってことですかね」

じいちゃんが、クワクワとまた笑った。

「運か。大事だなあ、運は」

「運――だけじゃないってことですか」

「うん。あ、今のは洒落《しゃれ》じゃないぞ。あの主人公は、誰かが心の底から必要としているものをたまたま持っていて、そこに居合わせたってことなんだ」

――心の底から必要としているもの、か。

拓海にも、じいちゃんの言わんとすることはなんとなく理解できる。

どれだけ素晴らしいものを持っていたとしても、それが相手の必要とするものでなければ、交換の対象にはならない。

「頭もいい。初めに持っていたのは拾ったわらしべだ。普通、そんなものにたいした値打ちはないだろ。かまどの焚《た》き付けにしても頼りないしな。主人公はそこにトンボを留まらせたりして、付加価値をつけたんだ。それで、ただのわらしべが、子どものおもちゃに化けた」

　じいちゃんの言葉には、ときどき理解不能な言葉が混じる。かまどの焚き付けって、何だろう？　だが、言いたいことは理解できた。

「そっか、付加価値――」

「そこでだ」

　じいちゃんが、籐椅子の上でにんまりと笑った。

「まず、拓海君はわらしべの代わりに、何を提供する？」

　えっ、と拓海はソファで固まった。

――これってただのゲームだよな。

　だけど、真剣に考えてしまう。自分にとってのわらしべに当たるもの。交換の発端になりうるもの。決して貴重品ではない。どこにでも転がっているようなもの。

　そもそも、自分は何を持っているのだろう。

　六畳ほどの洋室に詰めこんだ、自分の持ち物を頭の中で一覧にする。

　ベッドや学習机などの家具は、両親が買ってくれたものだ。人に買ってもらったものを交換材料にするのは違う気がする。

　せめて、自分が働いた金で買ったものがいい。面接用の紺スーツは親に買ってもらったものだが、普段着は自分で買った。たいしたものじゃない。おしゃれと言われるほどのものでもないし、だいたい枚数も少ない。

ゲーム機と、ゲームソフトに漫画。高校時代にちょっとだけ友達と弾いて遊んだギター。ギターも親にお金を出してもらった。

——自転車。

学生時代から乗っていたママチャリで通勤するのがかっこ悪くて、給料でクロスバイクを購入した。そんなに高いものではないけど、あれがなくなると困る。

二十一年も生きているのに、よくよく考えると自分の力で買ったものがさほどないことに気づいて驚く。

「——なあ。拓海さ、高校時代、使用済みの牛乳パックでよく工作してたじゃない」

健斗がふと思い出したように顔を上げた。

「ああ——万華鏡《まんげきょう》とか作ったっけ」

「万華鏡？」

じいちゃんが食いついて、籐椅子を揺らす。

「面白そうじゃないか。それ、すぐに作れるのかい」

「まあ、いらない牛乳パックと銀紙とか材料があれば」

「アルミホイルがあるよ」

健斗に誘われ、台所に材料を探しにいく。

「牛乳パックはそこ、リサイクル用に母さんが重ねてるんだ」

飲み終えた後、きれいに洗って開き、乾かしてある。理想的な牛乳パックだ。それとアルミホイルとビニール袋をもらい、居間で工作を始めた。

「しばらく作ってないけど」

やり方はよく覚えている。

牛乳パックを三角柱にするので、余分な部分を切り離す。アルミホイルを牛乳パックのサイズにあわせて切り、両面テープで貼り付けて、アルミホイルを内側に三角柱をつくってテープで固定する。

「ビーズはないけど、色紙があったよ」

健斗が一瞬どこかに消えて、戻ってきたと思ったら、色紙を持ってきてくれた。さすが、学生時代の工作を覚えてくれていただけでなく、作り方まで記憶していたらしい。

健斗が隣に座り、色紙を切って小さな三角形をたくさん作り始めた。

拓海は三角柱の片方の端に、透明なビニール袋をピンと張って貼り付けた。

「はい、どうぞ」

健斗がカラフルな三角形の山を渡してくれる。それをビニール袋の上に載せ、さらにその上に、もう一枚のビニール袋を貼り付けてカバーにする。色紙が逃げないよう、周囲をテープでぐるぐる巻いた。

「黒い紙ある？」

「もちろん」

　健斗にもらった厚紙を、三角形に切って真ん中に小さな穴を開け、もう片方の端に貼り付けて、完成だ。

「ほんとはビニール袋より、透明なプラスチック板のほうがいいんだけど」

　厚紙の穴から三角柱の中を覗き、くるくる回すと、色紙の動きにあわせて、アルミホイルに映る模様がさまざまに変化する。鏡を使った万華鏡みたいに、模様が鮮明ではないけれど、そのぶん幻想的な味わいがある。

「見せて見せて！」

　健斗に渡すと、片目をつむってもう一方の目を万華鏡に当て、「わあ」とニコニコしながら見ている。

　小上がりにいるじいちゃんにも渡すと、目を当てて、感心したように唸《うな》った。

「こりゃいいな。牛乳パックのリサイクルだとは思えない」

「じいちゃん、拓海の万華鏡、学校でも人気だったんだよ。よく作ってたよな」

「拓海君は、手先が器用なんだな」

「女の子にあげると喜んでくれたから」

　モテたい一心だったのだ。女の子にプレゼントするときは、色紙の代わりに百均で買ったキラキラビーズを使って、ビニール袋ではなくハードな透明板を貼った。そのほうがビーズの動きがスムーズで、模様が繊細になる。

ふと、高校時代にほんのり憧れていた、佐倉《さくら》さんのことを思い出した。フルネームは佐倉美緒《みお》、だったはず。女子からは「みお」と下の名前で呼ばれていた。

クラスが一緒になったのは一年生の時だけだったけど、感じのいい人で、三年生になっても廊下ですれ違うと「拓海君、元気してる？」と明るく挨拶してくれた。彼女にも、万華鏡をプレゼントしたものだ。

「牛乳パックでほかのものも作れるの」

「つまんないものだけど」

じいちゃんの期待に応えて、拓海は台所からもう一枚パックをもらい、ハサミで家の形に切り抜いて、ハロウィン用のランタンを作った。

「中にロウソクを立てるんだ」

「へえ。うまいもんだ。デザインのセンスもいい。こういうものを作るのが得意なんだね」

得意かどうかはわからないが、工作は好きだった。すっかり忘れていたけれど、手を動かしていると、心が浮き立った。

「よし。これで、わらしべ長者をめざそう！」

じいちゃんが万華鏡を返しながら勝手に宣言した。

「ランタンもいいけど、やっぱり万華鏡だな。手始めに、丘の上の公園に行ってみたらいい。夏休みだし、これだけ天気がいいと平日でもたくさん人がいるから、きっと誰か目に留めてくれるよ」

――じいちゃん、本気だったのか。

わらしべ長者なんて、ただのおとぎ話だ。まさか、拓海だって、わらしべ一本が千両箱に化けるなんて、本気で期待しているわけではない。

「なあに、おじけづく必要はない。うまくいって、別のものと交換してもらえたら儲《もう》けものだし、うまくいかなくたって、気楽に散歩してくればいいだけさ。なんたって、元手は使い終わった牛乳パックなんだから！」

健斗のじいちゃんは、人をその気にさせるのが上手だ。

気がつくと拓海は、「そそのかされた」通り、手製の万華鏡を持って、村井家から徒歩五分ほどの公園の石段を上がっていた。この公園は戦国時代の城跡で、敵の襲来をいち早く察知できるよう、うんと高台にある。息を切らして石段をのぼる拓海の後ろから、健斗が手ぶらでのんきについてくる。面白がって、一緒に来ると言ってきかなかったのだ。

「拓海、運動不足だなあ」

「ほっとけ。外に出る必要がないからさ」

じいちゃんの言葉通り、公園は意外に人出が多かった。

チューリップ型の帽子をかぶった幼稚園くらいの男の子が、すべり台で遊んでいるのを母親が見守っている。小学生くらいの女の子が三人、サッカーボールでリフティングの練習をしているし、あちこちに設置された木製ベンチには、お年寄りや赤ちゃんをつれたお母さんが座って、お弁当を開いたり、ペットボトルのお茶を飲んだりしている。

――こんなところでアレを見せるのか。

さすがに少し、緊張した。どう見ても牛乳パックだし。出がけに拓海は、色紙を貼って牛乳パックを隠そうとしたのだが、じいちゃんに反対された。

（その、いかにも再利用してるところがいいんだ。リサイクルだから、相手も面白がって声をかけやすいんじゃないか。もしそれが本物の万華鏡みたいにきれいな和紙で飾られていたりしたら、誰も目に留めないぞ）

そういうものかと素直に感心する。

「ここ、ホントにいい景色だよな」

健斗が公園の柵にひじを載せる。

高台だから、戦国の昔も今も、はるか隣町まで見通しがいい。地方の郊外の町で、さほど繁栄しているとも言い難いけど、だからこそ高層ビルなんかひとつもなくて、古い神社の鎮守の森がそのまま残っているし、蛇行《だこう》する川の様子もよく見える。

——やるか。

意を決し、拓海は万華鏡を目に当てた。

「へえ、すごい。外のほうが明るいから、きれいに見えるな」

「ホント？」

どれどれと言いながら、健斗とかわるがわる万華鏡を覗いた。

この光の量なら、中に入れるものを色紙でなく、キラキラしたビーズにすれば、もっと豪華な印象になりそうだ。ビニール袋の代わりにペットボトルを先の部分に使えば、立体的なビーズもたくさん入れられるし。

そんなことを考えていると、「あのう」と控えめな声をかけられた。

「それはひょっとして、手作りの万華鏡ですか」

振り返ると、グレイの髪をきれいに後ろでまとめた上品な老婦人が、ベンチからこちらをニコニコして見つめていた。

「あ、そうです」

拓海はどぎまぎしながら頷いた。

「牛乳パックで作ったものですけど、覗いてみます？」

「あら、いいの？」

近づいて渡してあげると、老婦人は嬉《うれ》しそうにいそいそと目に当て、「まあ」とか「あら素敵」などと品よく呟《つぶや》いて、吐息を漏らした。

「とても懐かしいわ。主人もこういうものを作るのが好きだったので、昔は万華鏡も作ってもらいました」

「ご主人はいま――」

うっかり反射的に尋ねかけ、しまったと気づいて口をつぐむ。彼女は今、過去形でしゃべったじゃないか。

「いいのよ、お気遣いなく」

婦人が微笑《ほほえ》んだ。

「主人は、もう何年も前に亡くなりましたけど、今でも若い人がこういうものを作るんだなあと懐かしくなって」

「良かったら、それ差し上げますよ」

婦人の柔らかい表情を見ていたら、何の下心もなく、すっとそんな言葉が口から飛び出した。懐かしんでくれているし、本当に気に入ってくれたようで、受け取ってもらえるならとても嬉しい。

「いらなくなった牛乳パックで、さっき作ったんです。もし良かったら、どうぞ」

「まあ、いいんですか？」

驚いたようにこちらを見つめていた婦人が、万華鏡を大事そうに抱いたまま何か考えているようなので、拓海はぺこりと頭を下げて健斗のもとに歩き出す。

「あの、すみません」

婦人がベンチから追いかけてきた。

「万華鏡のお礼をしたいんですけど、もし時間があったら、すみませんがうちまで来ていただけませんか」

拓海は思わず健斗と顔を見合わせた。

「たいしたものではないですが、庭木に果物がなっているんです。梯子《はしご》をかけて取ってもらわないといけないんですけど、好きなだけ持って行ってくださいな。家はすぐ近くですから」

予想外の展開だった。

婦人は健斗のじいちゃんみたいな勧め上手で、拓海たちは彼女に誘われるまま、ホクホクと家に向かった。彼女の自宅は、公園の石段を下りて、ほぼ斜め向かいの家だった。

このあたりにはよくある、瓦屋根の和風住宅だ。庭には二階の屋根庇《やねびさし》より高い木があって、見たこともない黄色い実がたくさんなっていた。門柱の表札に、「田上《たがみ》」と彫られているのを、拓海はなんとなく見た。婦人は田上八重《やえ》と名乗った。

「あれ、何の実ですか」

「ポポーというんです」

昔、八重さんの夫が、ポポーの実を旅先から土産に買ってきたそうだ。種を庭に埋めておいたら、いつの間にか芽が出て大きく育ち、十年もたつ頃にはゴロゴロと実がなった。

「甘くて美味《おい》しいんだけど、日持ちがしないの。木からもいで二、三日のうちに食べてしまわないといけないから、産地以外では一般に流通しないんですって」

木の下のほうの実は、八重さんの背丈でも届くので取れるのだが、上の実は梯子をかけなければ届かない。前は夫が取ってくれていたが、八重さんは怖くて梯子に上がれないそうだ。見れば、まだまだたくさん残っている。

「良かったら、僕たち取りますよ。食べごろってどうやって見分けたらいいですか」

「もう、みんな食べごろだと思う。全部、持って行ってくれていいから」

樹上で腐らせるよりはということだろう。意外な展開だったが、拓海は健斗と協力して、梯子をかけてどんどんポポーの実をもいだ。黄色い実は、触ると桃の実のようにやわらかい。ハサミで丁寧に枝から切り離して、傷がつかないように袋に入れ、溜まるとそっとロープでおろした。健斗が下で受け止めて、八重さんに渡してくれる。

小一時間かけて実を取り終え、全部持って行けと言われたのはさすがに固辞して、ひとりに十個ずつ、袋に詰めてもらった。

「万華鏡のお礼をするつもりだったのに、収穫までしてもらって、本当に助かっちゃった」

八重さんの喜びようは半端ではない。これからも、手伝いが必要なら電話してくれたら駆けつけるからと、電話番号を交換した。

「中はクリームみたいなの。冷やしてあったのを切ったから、ひとつ食べてみて」

八重さんは、ポポーの実を半分に切って、スプーンを添えて渡してくれた。ぷっくり太ったソラマメを大きくしたような形の果物だ。

「甘～い！」

ひと口すくい、拓海は歓声を上げた。

フルーツというより、まるでカスタードクリームのようだ。植物の繊維はほとんど感じない。初めて食べる味だった。黒い種がいくつか入っているが、種もしっかり大きいので出しやすい。

「知らなかった、こんな果物があるんですね」

「そうでしょ、私も初めて食べたときは美味しくてびっくりしたの」

残った実は、近くに住んでいる孫や、ご近所に配ると言って八重は目を細めた。

「すごいなあ。わらしべ長者作戦、当たったなあ」

健斗がいただきもののポポーを提げて、感じ入ったように呟いている。

「じいちゃんが『やってみろ』なんて言った時は、馬鹿げてると思ったけど」

「うん。なんだか嘘みたいだ。ポポーなんて初めて食べたし、美味しかったし」

それに何より、とても楽しかった。初めて会う八重さんと、あんなに話が弾むとは思わなかったし。八重さんはたぶん七十代だ。年齢が離れていても、話が合う人はいるんだ。

健斗のじいちゃんにもポポーを食べてもらおうと、健斗の家に戻る道々、ふたりの口から出てくるのはそんな言葉ばかりだった。

「あっ！」

黄色いTシャツにジーンズを穿《は》いて、大きなバッグを肩にかついだ小柄な女性が、すれ違いざま、小さく叫んだ。

「あの、すみません！　おふたりがお持ちなの、ポポーじゃありませんか？」

驚いて立ち止まり、そうだと答えると、彼女は切れ長の目を輝かせた。

「ぶしつけですみません。どこで買えるか伺ってもいいですか？　以前食べたことがあるんですけど、娘にも食べさせたくて」

自分たちとそれほど年齢が変わらないようだが、彼女は若いお母さんなのだ。

拓海は自分のポポーをひとつ、取り出した。

「差し上げますよ。ふたつあれば大丈夫ですか？　僕たちもさっき、人からいただいたんです」

「いえ、でも――」

彼女はポポーの実と拓海の顔を見比べ、遠慮するべきだろうかと迷うように、黙った。

「遠慮しないで、もらってください。この果物、日持ちしないそうですから。僕もこんなにたくさんいただいて、もし食べられなければもったいないですし」

わらしべ長者作戦はみごとに成功したし、面白かったけど、もらったポポーを独り占めするのは、違う気がする。気前よすぎるかもしれないけど、この珍しいフルーツを娘に食べさせてやりたいという人に分けてあげるのは、正しいことだと自分で納得した。

しばし葛藤《かっとう》していた彼女は、決心したのか潔く頭を下げ、白い歯を見せた。

「ありがとうございます！　それじゃ、お言葉に甘えて、遠慮なくいただきます！　もう、子どもが生まれた時からずっと探してたんです。すごく嬉しいです！」

大きなショルダーバッグには、小さなシャツやブラウスなど、子どもの衣類がたくさん入っていた。ポポーの実の、いいクッションになりそうだ。

「鞄《かばん》の中がごちゃごちゃで恥ずかしい。これ、会社の先輩が、いらなくなった子どもの洋服をくれたんですよね。小さい子ってどんどん成長するから、服のサイズがすぐに合わなくなっちゃって」

――お古をもらって、節約しているんだ。

堅実な生活ぶりが言葉の端々に滲《にじ》む。

「今から、保育園に娘を迎えに行くんです。あの、おふたりは花火とかされますか？　いただきものの花火セットがあるんですけど、うちはまだ子どもが小さすぎるし、花火をする場所もなくて、このまま湿気《しけ》らせるのももったいないなと思ってて。ポポーのお礼ってわけじゃないんですけど、もらっていただけるなら、後で持っていきます」

拓海はまた健斗と顔を見合わせた。

「いいんですか？　喜んで！」

——すごい。牛乳パックが、ポポーと花火になっちゃった。

「私、鈴木《すずき》歩実《あゆみ》です」

「あ、岡田拓海です」

「僕、村井健斗です」

まだしばらくは健斗の家にいるつもりなので、歩実さんには健斗の家を教えた。

小柄な歩実さんが、大きなバッグを肩にえいっとかつぎ、保育園に向かう坂道を駆けていくのを見送り、拓海は健斗とハイタッチをした。なんだかどんどん楽しくなってきた。

「そうか、牛乳パックが果物と花火に化けたのか」

帰って報告すると、充郎じいちゃんはいかにも嬉しそうに顎を上げてクワクワと笑った。

「長者ってほどじゃないけど、こんなことも起きるんだってびっくりしたよ」

健斗はさっそくポポーの実を冷蔵庫に入れている。拓海も自宅に持ち帰って、両親と祖母に食べてもらわなくては。

「うまい具合にいい人に出会えて、運も良かったね。ところで拓海君が今日やったのは、隠れたニーズの掘り起こしだったな」

「それはどういうこと？」

「不用品の牛乳パックを加工して、万華鏡をこしらえただろ。そこでまず、単なる牛乳パックに付加価値をつけた。万華鏡とポポーを交換したが、実はその奥さんは、高い場所にあるポポーの実を取れなくて困っていた。高所の実を収穫したいというニーズが隠れていたので、代わりに収穫してあげたんだ。喜んでいただろう？」

拓海は八重さんの笑顔を思い出した。

「うん。とっても喜んでくれた」

「さらには、もらったポポーを持ち帰る途中で、幼い娘さんのいるお母さんに出会った。そのお母さんは、娘にポポーを食べさせてやりたいと、ずっと探していたんだろう？　そこにも隠れたニーズがあったんだよ。拓海君と健斗が『わらしべ長者』めざして動き回ったことで、隠れたニーズがふたつも掘り起こされたわけだ」

――そんな言い方もできるのか。

拓海が戸惑っていると、じいちゃんがニッと笑った。

「どうだい、拓海君。何時間か動き回って、牛乳パックがポポーと花火に化けただろ。時給にすれば最低賃金どころか、実質いくらにもならないと思うけど、気分はどうかな」

あらためて、この一日を振り返る。思い出すのは、楽しいことばかりだ。八重さんの笑顔。歩実さんの晴れやかな顔。初めて食べたポポー。

「サイコー！　って感じ。楽しかった」

じいちゃんの言う通り、目指したのが「わらしべ長者」だった割には、時給に換算すれば全然たいしたことないとは思う。だが、自分が誰かの役に立つことをしている、喜んでもらっている、と実感できた。正直、初めての感覚だった。家具の工場に勤めていた時は、そんな感動はなかった。

じいちゃんがニカッと大きな口を開けた。

「そうか、楽しかったか」

「僕も楽しかったよ。とっても夢のある時間だったから」

健斗が横から口を挟む。

うんうんと頷いたじいちゃんが、表情を改めて籐椅子の上で座りなおした。

「拓海君な。正直に言うと、わしも今の労働者の賃金は、低すぎると思ってる」

じいちゃんから改めてそんな言葉を聞くとは思わなかったので、拓海もソファの上でつい居住まいをただした。じいちゃんが大切なことを言おうとしているのだと察した。

「全員じゃない。労働者の給与が、二極化しているんだ。人手不足と言いながら、非正規雇用者や中小企業の社員を中心に、頑張っても給料が上がらない、そのくせ年金保険料は上がるし、消費税も上がって年々生活が苦しくなる状況が続いている」

「そんな――」

「ひとつの例が、外国人研修生だ。人手不足だから、国内では必要な労働力を得ることができなくて、外国から『研修』という名目で労働力を輸入している。だけどな、これが海外から『奴隷労働』とまで言われて、すこぶる印象が悪い。わしはあるイベントで、外国人研修生の苦境を訴える番組のビデオを見た後に、『手取り八万円ももらっていて、なにが不満なんだ』と怒る高齢者を見かけて、唖然《あぜん》とした」

　じいちゃんの言葉に拓海も言葉を失う。

今どき、手取り八万円で暮らそうと思えば、なかなかたいへんだ。すべての受け入れ先がそうではないだろうけど、安い給料で外国人をこき使おうという意図が見え見えじゃないか。自分なんて、手取り十三万八千円で会社が嫌になったのに。

「世の中が理不尽なのは確かだし、それは政治と経済のリーダーが『それでいい』と考えているからで、厄介な事態だ。だけどな、だからってその現実に文句を言うだけでは、何も変わらないし自分が不幸になるだけだ」

　言いたいことはわかるが、それならどうすればいいのだろう。理不尽だと憤りながら、我慢するしかないのか。

「だからな、拓海君。会社に入ったら、会社を利用しな」

えっ、と思わず驚きの声が漏れた。

「目的意識を持つんだ。会社に入って最初のうちは、会社員としては半人前だ。どんな職業に就いたって、社会人としての言葉遣い、身だしなみから始まって、きちんとした受け答え、プレゼン、文章の書き方、業界慣習や法律、あるいは専門知識、それはもういろんなことを勉強しなけりゃ、一人前の仕事なんかできやしない。だから、最初のうち給料は安いかもしれないが、いろいろ勉強させてもらって、その上にまだお金をくれるのかと思えば腹も立たない」

横では健斗もぽかんと口を開けて、じいちゃんの言葉に耳を傾けている。

「だけどな、その数年のうちに見極めるんだ。そこが立派な企業で、社員を大切にしてくれて、きちんと生活できるように給料も上げてくれるかどうか。そうでなければ、べつの会社を探すか、独立したっていい」

「え——独立ですか」

そんなことを勧める人は、拓海の周囲にはいなかった。みんな思っていても、口に出さなかっただけかもしれないけど。

「そうだ。給料をもらって使われる側ってのは、立場が弱い。自分の給料を自分で決めることなんて、できないだろう。会社を利用して、どんなジャンルでもかまわないから、一流の職業人になりな。そのうえで、自分が本当にやりたいことは何か、それでお金を稼いで、メシを食うことができるかどうか、考えるんだ。拓海君は手先が器用で、ものを作るのが得意だし、人が喜ぶのを見ると自分も嬉しいんだ。そうだろう」

拓海はちょっと照れながら、頷いた。言われてみれば、たしかにその通りだ。自分が作ったものを誰かが喜んでくれたり、楽しんでくれたりすればとても嬉しい。

「拓海君も健斗も、まだまだ本当に若い。これからの人生、いやになるくらい長いぞ。企業の定年が五十五歳だったころから、今はどんどん定年が延びて、六十五歳まで働くのが一般的になりつつあるだろ。それどころか、身体が動く限り、生涯働く時代だってもうじき来るかもしれない。変化のスピードが、加速度的に速くなっているしね。そんな時代に大切なことはふたつだ」

「ふたつ」

拓海はもはや、じいちゃんの話に完全に引き込まれていた。

「ひとつは、学校で学んだことだけで、一生メシを食うことはできないってことだ。あまりにも、世の中の変化が激しいから。今もてはやされている職業が、十年後にはＡＩにとってかわられるかもしれない。だから、時代に合わせて、必要な知識を吸収し続けるんだ。勉強し続けないと、苦しい」

そんなことを言われると、まるでこれから五十年、六十年と辛《つら》い生活が続くぞと脅されているようで、気が滅入ってくる。

　そんな拓海の気持ちを見抜いたのか、じいちゃんがニヤリと笑った。

「ふたつめのポイントはな、拓海君。自分が夢中になれる仕事に就くことだ。楽しいことだから、そのために勉強し続けるのも苦にならないんだ」

　――そんな仕事、あるだろうか。

　だって仕事なのに。働くってそんな甘いものじゃない。辛いことのほうが多いだろうに。

「日本人の悪い癖だと思うんだが、仕事を楽しもうとしないんだな。働くことはしんどいことだと、自分で自分に呪いをかけてるんだ。できなかったことが上手にできるようになったり、人に感謝されたり、世の中を支えたりすることは、それだけでも充分、楽しいことだと思わないかい？　もちろん、楽しいだけではないけれど、辛いことより楽しい、面白いことのほうが多い仕事に就くんだよ。何を楽しいと感じるかはひとりひとり違うから、『こうすればいい』とは誰にも言ってやれないけどね」

　拓海は自分の手を見つめた。たしかに自分は手先が器用で、ものを作るのが好きだ。どんな職業に就けば、そういう自分の好みや才能を活《い》かせるのかまだわからないけれど、自分が作ったもので人が喜んでくれるなら、自分も楽しいだろうとは思う。

「それからな、拓海君。もし何年か会社にいるなら、後輩や部下ができることもあると思う。そうして会社で仕事を続けていると、少しずつ見える景色が変わってくる。今まで階段のいちばん下から見ていた風景が、少しずつ上に上がって、見えなかったものが見え始める。人にもよるけど、それもまた楽しいと感じるかもしれないよ」

　じいちゃんは、どこか優しい声で言った。

　――会社を利用する。一生学び続ける。夢中になれる仕事を探す。

言われたことを反芻《はんすう》する。そんなうまい具合にいくはずがない、と心のどこかで否定して背中を向けたがる自分もいる。一生勉強だなんてしんどいなあ、と吐息だって漏れる。

でも反対に、そんなふうに自分に適した仕事を見つけたいと思う自分もいる。

（大学や専門学校に行く気があったら、とりあえず相談してみてよ）

　祖母の声も耳によみがえる。

　まだ、具体的な「やりたいこと」が見えたわけではないけれど、石が詰まったみたいに重たい尻を、よいしょと持ち上げる元気が湧《わ》いてきた。

　何かが急に変わったわけではない。一日やそこらで、生き方が突然変わったりはしない。だけど、これまで曇って見えていた世界の輪郭線が、急にはっきりしたようだ。

　拓海はぎゅっと手を握りしめた。

　インターフォンが鳴った。健斗が飛び上がるように立ち上がり、「歩実さんだ」と玄関に駆けていく。花火を持ってきてくれたに違いない。

　玄関に向かおうとした時、スマホが鳴り始めた。登録していない番号からだ。

「もしもし？」

『あのう、青空高校にいた岡田拓海さんのお電話ですか？』

はつらつとして明るい、透明感のある女の人の声が聞こえてくる。素敵な声だけど、わざわざ「青空高校にいた」だなんて、名簿でも見てかけてくる詐欺じゃないだろうな。だけど、この声、どこかで聞いたような――。

「そうですけど――」

『やっぱり拓海君だ！　良かった。私です、佐倉美緒！　覚えてる？』

あっと声を上げて驚いた。高校時代に万華鏡をプレゼントした女子だ。とっても元気で朗らかで感じのいい女の子で、拓海の憧れだった。

「もちろん覚えてるよ、佐倉さん久しぶり――よくこの番号わかったね」

『おばあちゃんに聞いて、まさかと思うけど拓海君？って思ってかけてみたの』

――おばあちゃん？

拓海の沈黙にクエスチョンマークの匂いをかぎ取ったらしく、美緒が笑いだした。

『拓海君、今日、丘の上の公園でおばあちゃんに会って、万華鏡をくれたでしょう』

「えっ、まさか――」

『私のおばあちゃんなの。さっき、親切な人がポポーを収穫してくれたから取りに来てっておばあちゃんから電話があって、行ってみたら見覚えのある万華鏡が家にあってね』

美緒は饒舌《じょうぜつ》にいきさつを語ってくれた。田上八重さんは、美緒の母方の祖母で、田上というのはお母さんの旧姓だった。

『びっくりしたよ。その万華鏡、誰にもらったのって思わずおばあちゃんを問い詰めちゃった！』

ＬＩＮＥを交換して、近いうちに駅前のマクドナルドで待ち合わせようという話になり、通話を終えた後も、ふやけたような笑いが止まらない。じいちゃんがひとつ咳払《せきばら》いをした。

「拓海君、顔が溶けとるぞ」

――いや、それはもう。万華鏡が取り持つ縁とでも言いますか？

ニヤニヤしながら玄関に行くと、歩実が小さな女の子の手を引いて、健斗と立ち話をしていた。振り向いた健斗が、家庭用花火セットの立派な袋を見せて振る。線香花火やロケット花火など、色とりどりの花火がぎっしりと詰まっている。

歩実さんはニコニコしているし、手をつないでいる女の子も、アンパンマンの絵のついたＴシャツを着て楽しそうだ。自分も、二歳のころにはあんなふうに幸せそうに笑っていたのかなと思う。いったいいつから、どうせ自分なんて大した人間にはなれないと、世の中をすねたような顔つきで暮らすようになったのだろう。

これから自分がどんな職業や生き方を選ぶにしても、一日、一日をきちんと生きていく。仕事を楽しむ。楽しめる仕事を探してみる。

わらしべ長者に、そのきっかけをもらった。

「拓海！　もらったよ、これ。今から歩実さんたちと一緒に、庭で花火しない？」

「する！」

思わず声が弾んだ。

塾に行かない子どものための五つのクリンプス

図子　慧

図子 慧（ずし・けい）

一九六〇年、愛媛県生まれ。八六年「クルト・フォルケンの神話」で第八回コバルト・ノベル大賞を受賞しデビュー。ライトノベル、一般文芸書を多数執筆。主な著書に『アンドロギュヌスの皮膚』『ラザロ・ラザロ』『愛は、こぼれるqの音色』『5分でわかる10年後の自分 ２０３０年のハローワーク』など。

□

私は息子のことで悩んでいた。悩みは波のように尽きることなく打ち寄せる。私は葉山《はやま》クルミ、息子の聡太《そうた》は小学校五年生になる。

息子自身の悩みは、身体《からだ》が小さいことだ。早生まれということもあり、小学校の集合写真ではいつも最前列になる。着実に伸びているものの、本人の期待通りとはいかない。

「先生、ぼくはいつ背が伸びるんですか？」

専門外来に行ったとき、息子が質問した。表情は真剣そのものだった。

「いつ、ではなく現在《いま》です」

担当医は、成長曲線をスクリーンに映した。聡太に長々と説明してくれている。異常がないことは血液検査などでわかっているので、私は安心して聞いていられた。

診察の帰りに、銀座でソフトクリームを食べながら、聡太は「あと五年と六ヶ月も待てないよ」とぼやいた。

「五年六ヶ月って何？」

「ぼくより早く生まれたクラスの全員に追いつくまでの時間。ママは成長曲線のグラフをみなかったの？」

聡太は『Think《シンク》! Think《シンク》!』という数学アプリが好きで、親よりグラフに馴染《なじ》んでいる。

「タケルはいいな。でかくて」

タケルくんは、クラスで群を抜いて背が高い。両親ともに長身で、四月生まれということもあいまって、クラスにおける彼の存在感はさながら瓜坊《うりぼう》に囲まれた親イノシシといったところか。性格は親分肌でとても面倒見がいい。

「まあね。他のヤツとは三センチか五センチ差だけど、タケルはぼくより十九センチ高いんだ。ぼくが大きくなっても、タケルとの差は七センチしか縮まらないだろうな。今日、成長曲線をみて、はっきりわかった」

「聡太は、いつかタケルくんを見下ろすつもりだったの？」

聡太が真顔でうなずいた。野心家、と聡太のプロフィールに書き加えた。小さい頃は臆病だったのに、最近、自信をつけてきた。

さいわい聡太の背丈問題は、担当医の言葉通り時間とともに解消しつつある。筍《たけのこ》のようにメキメキと伸びることはなかったが、それなりに伸びつづけて五年生ではじめて前から三番めになった。僅差だったそうだが、本人はものすごく喜んだ。離れて暮らしている父親に、さっそくＬＩＮＥで報告した。

『去年より六・二センチ伸びたよ。パパは何センチ伸びた？』

『なんと今年は二ミリも伸びた』

葉山重則《しげのり》と私は、聡太が二歳のときに離婚した。重則は人当たりがよくマメなところが取り柄で、心のない軽い気配りは、私と聡太含む知り合いすべてに向けられている。広告代理店勤務は天職と言えるだろう。一切の感情が消えた今は、元夫としては悪くないと思っている。一夫一妻制度に適さないだけで。

息子の背丈問題は、私の「その他の悩み」の海の墓場に押しやられた。その領域には、一人親家庭であること、同僚との人間関係、臨時保護者会の衝撃といった、どうしようもない悩みがプカプカ浮かんでいる。

目下もっとも大きな問題は、聡太の塾のことだ。聡太がある日突然、塾に行かなくなってしまった。

塾は、一人親のお助け場所だ。小学校高学年になると、働く親は子どもの預け先で悩む。というのも多くの学童クラブは、四年生以上の子どもを預かってくれないからだ。「原則六年生まで受け入れ可」になっているが、実際には枠がない。「小四の壁」と呼ばれている。

四年生になったとき、聡太は近所の塾とスイミングスクールに通いはじめた。スイミングはまだ続けている。スイミング通いは元夫の希望で費用も元夫持ち。聡太も受け入れた。そう——、本人が受け入れるかどうかが問題なのだ。学童クラブのときは、保育園から一緒だった子たちも通っていたから、聡太も素直に学童クラブに通った。だが、四年生になれば行動範囲は広がり、自主性も高まる。本人が「塾に行かない」と心を決めれば、塾通いは終了だ。

「中学生の不良グループがいるんだって」

薬局の事務室で弁当を食べながら、店長が言った。店長には高校生と中学生の娘さんがいるため、街の治安に敏感だ。

「駅近くのＯ中学の子たちらしいんだけど、昼間っから街をうろうろしてるの」

「補導されないんですか？」

「犯罪らしいことはしてないから。昼間、親が留守の子の家に上がりこんで、勝手に飲み食いしたりするんだって。特に小学生は早く帰宅するから、Ｏ中学の近くの小学校では注意書きが回されたそうよ」

私は猛烈に心配になった。Ｏ中学は隣の校区でうちの小学校から進学する子も多い。スイミングスクールのない平日、聡太はうちで一人きりだ。そんな連中に上がりこまれたら、どうすればよいのか。

店長の話を聞いて以来、私は放課後の聡太の居場所を真剣に考えるようになった。ベビーシッターという年齢ではないから、家庭教師か。交通費を加算して二時間で六千円から一万円、月額十万円前後はかかる。高い。

聡太が通っていた松田《まつだ》塾は月額税込み一万五千円で、週に三日子どもを六時までみてくれた。民間学童クラブの月額三万円より安い料金で。親としてこんなありがたい場所はなかったのだが。

なぜ行かないのか、どうして拒否するのか。聞きだそうとすると、聡太は殻を閉ざした貝になるので、私は手を焼いている。

元夫の重則は私以上に聡太の塾について気を揉《も》んでいる。この機会に中学受験専門の大手塾はどうかとせっついてくる。今日の昼休みも私の携帯に電話をかけてきた。

「早く塾を決めないと時間切れになるぞ。うちの親も心配してる」

重則の両親は医者で、柏《かしわ》で病院を経営している。私たちの離婚後も聡太に何かと気をつかってくれるありがたい人たちだ。

「本人が拒否してるのよ。あの子、一旦言いだすと頑固だから。そっちから説教してもらえない？」

聡太に何か強制して、塾どころか学校にも行かなくなることを私はおそれていた。今どき、子どもが毎日登校できてるって奇跡じゃない？　とりわけ、その子が小柄でスポーツが苦手なオタクっぽい子の場合。

「いやあ、俺は説教される側なんで」

「その通りですね」

ぐへ、という声が聞こえた。重則は名前と裏腹に、重い話とは無縁だ。塾に入れろとせかす電話が、夜遅くか職場に限られるのは、聡太に聞かれたくないからだろう。息子に嫌われて面会交流がなくなるのが怖いのだ。

「前の塾がぬるすぎたから、あいつは行かなくなったんじゃないかな」

私はムッとした。何ひとつ子育てを手伝わなかった男に批判されたくない。

「受験が既定路線みたいな話にするのは止《や》めてくれます？」

「時間切れが近いのは本当なんだよ」

「そんなこと言われても、私は中学受験の経験がないしね。地元の公立中学はなかなかいい学校らしいよ」

地元中なら、保育園から仲のいい友だちも進学することだし、と続けた。

重則の沈黙は長かった。じゃあね、と切ろうとしたとき、「待って」と悲鳴のような声があがった。

「わかった、俺が見学に連れていく。ＳＡＰＩＸ《サピックス》、日能研、四谷大塚、早稲田アカデミー、入塾の書類もこっちで準備するから。聡太の予定だけ知らせて」

「ああそう、ありがとうございます」

電話のあと、深呼吸をくり返して、冷静さを取りもどした。調剤薬局の薬剤師として、ミスは文字通り命取りだ。午後の調剤中、元夫が口にした塾名を念仏のようにとなえた。その夜検索して、それらが難関校専門のトップクラスの塾だと知った。しかもテストに合格しなければ塾に入れないらしい。聡太の学力で入れるのだろうか？

タンスの引き出しから、聡太の成績表を引っ張りだした。聡太の学校での成績は、三段階評価では半分が「大変よい」、残りが「よい」。ただし、国語の「がんばりましょう」が目につく。しかし、公立小学校の評価は、絶対評価だから、全体での聡太の順位はわからない。

四年生のときの副担任は、悪名高いK先生だったため、保護者面談では聡太の成績そっちのけで説教ばかりされて、学校での様子をろくに聞けなかった。

最近まで通っていた松田塾は定年退職した教師が一人で経営していて、テストなどは行なわれなかった。それでも通ってくれているだけありがたかった。

元夫の言う通り、聡太は受験専門の進学塾に行かせるべきだろうか？　その前に塾に通うよう聡太を説得しなければならない。ほとんど不可能に思えた。

□

スーパーで買物をしながら、塾のことを考えた。いっそパートに切り替えて、私が教えるとか？　低学年のときは、毎日、聡太の勉強をみていたし。いや、そんなことをしたら生活できなくなる。元夫は教育費は払うと言っているが、あの人はいずれ再婚するだろうし……。考えているうちに、野菜売り場を三周してしまった。ポン、と肩を叩《たた》かれた。

「クルミさん、探しもの？」

タケルくんママの美馬《みま》さんだった。美馬さんも仕事帰りらしく、長身に映えるさっそうとしたパンツスーツ姿で、山盛りの食材をいれた買物カートを押している。美馬家はタケルくんの下に双子の女の子、同じマンション内の別室に住む祖父母という七人家族だ。

「献立が決められなくて。カレーかハヤシライスのどっちかなんだけどね」

「なんでうちのメニューを知ってるの！」

美馬さんは、アッハッハと笑った。笑った顔は綺麗《きれい》に日焼けして、白い歯がまばゆい。保育園一歳児組で同級になってから、親子ともにかれこれ九年の付き合いになる。

買物を済ませて店をでると、美馬さんが自転車を立たせて待っていた。

「クルミさん、急ぐ？　ちょっとだけ話をしてもいいかな」

私は、スーパーの正面にある児童公園の木立ごしに、古ぼけたマンションをみた。六階の右端が我が家で、居間の灯りがともっている。聡太に『買物中』とＬＩＮＥを送った。すぐ既読がついた。

「大丈夫」

「公園に入ろうか。座ったほうが目立たないからねえ」

公園入口には、駐輪スペースとベンチがある。美馬さんは前かごと後ろかごに荷物を載せた自転車を、よっこらしょと駐《と》めて、道からの目隠しにした。私はベンチに腰をおろした。座ると、仕事でこわばった足腰がとろけそうになる。

「クルミさんにずっとお礼を言いたかったんだ。保護者会のときはありがとう」

美馬さんは小さく頭をさげた。保護者会？

「一学期の？　二ヶ月前の臨時保護者会？」

「それそれ。あのあと飲み会もあったけど言いづらくて。葵《あおい》さんも同じ気持ち」

ああ、と私はつぶやいた。葵さん。葵さんは、レオくんのママで、タケルくんと同じく保育園から付き合いのある親子だ。レオくんはお母さんそっくりの美しく賢い子で、乳児の頃から保護者と保育士さんのアイドルだった。

黙っていれば天使のようなレオくんは、口が達者で、そのくせ正義感が強いというアニメの俺様主人公みたいな美少年だ。オムツの頃から大物のタケルくんと仲がよく、この二人が聡太を陰日向《かげひなた》になり庇《かば》ってくれたおかげで、聡太はいじめられずにいると私は日頃から感謝している。

だから、一学期の臨時保護者会で、美馬さんと葵さんが集中砲火を浴びたときは、勇気を振り絞って掩護《えんご》に回った。あの臨時保護者会そのものが、かなり特殊だった。前の副担任のK先生が保護者会を利用して、特定の児童とその保護者を痛めつけるために招集したものだったから。

「お礼を言われることは何も。だって実際にお役に立てなかったし」

「ううん。クルミさんが弁明してくれて、本当にうれしかった。真っ暗な中で、光が差したみたいだった」

今だから言うけど、と美馬さんはため息をついた。

「魔女裁判みたいだった。もちろん悪いのはうちのタケルだけど」

美馬さんの口癖に私は微笑《ほほえ》んだ。

「タケルくんが学校のサイズに合わないだけ。タケルくんは身体も心も大きいから」

「そう言ってもらえるとうれしいわぁ」

美馬さんの目が潤んだ。

タケルくんは、学校では、備品を壊したり上の学年とケンカをしたりする問題児として扱われている。聡太によれば、タケルくんが自分から手をだしたことはないのだそうだ。レオくんも、はっきりものを言う性格のせいで、先生たちから反抗的とみなされている。

『子どもの躾《しつけ》について』

それが一学期の臨時保護者会の議題だった。臨時保護者会まで、私は自分が異質だと考えたことがなかった。同調圧力がどれだけ強いものか、美馬さんや葵さんも知らなかったと思う。私たちは無知で無防備な保護者だった。

聡太が通う小学校の五年生は、一クラスしかない。正規の担任は二年前から育休中で月に数時間出勤するだけで、今年さらに二年、育休が延長された。名前だけの担任がいる状態が二年以上つづいている。

臨時採用の担任代行が何度も代わったあと、四年生のときK先生が正式な副担任になった。K先生は、在職中は家庭科教師で、定年後の再雇用で副担任になってはじめて国語と社会を教えることになった。副担任になる前から、児童のあいだの評判はよろしくなかった。「K先生は自分の話しかしないんだ」と聡太。「理科と算数が専任の先生でよかった」

K先生は休みが多く気分の変動がはげしく、授業より説教の時間のほうが長かった。当然、授業は進まない。進級すればK先生と離れられると思ったのだが、またK先生が副担任になった。

児童たちは、五年生の教科書で授業をはじめたものの、前年度K先生が飛ばしたところが多すぎて大部分の子には教科書の内容が理解できなかった。クラスの児童が十人ほど、レオくんをリーダーにタケルくん、聡太も含めて、育休中の正規担任の出勤日に陳情に行った。

美馬さんに聞いた話によれば、育休中の担任に授業の遅れを注意されたK先生は、激昂《げっこう》したそうだ。授業でその話を何度も蒸し返した。事件が起きた日は、教科書が一頁も進まず、K先生の説教が二時間つづいていたという。授業後、男子児童数名が教室をでながら、文句を言った。その中に「死ね、ババア」というレオくんとタケルくんの呟《つぶや》きが含まれていて、K先生は、そのゆゆしき言葉を深刻な脅迫と受けとめた。彼女は校長先生に訴えて、学校を揺るがす暴言事件に発展させた。

そして、開かれた臨時保護者会で、両児童の保護者、おもにレオくんの母親の葵さんが名指しで非難されることになった。

どちらの親子も、事件当日に校長先生の前で、K先生に謝罪していたのだが。K先生には謝罪だけでは足りなかったようだ。

私は有休を取って臨時保護者会に出席した。出席して驚いたのは、K先生の味方をする保護者の多さだった。

『この暴言が深刻なものだということに異議のある人はいますか？』

K先生が問うた。

死ねという言葉が暴言なのはまちがいない。だが、どちらも親子ともども反省しているし、謝罪はすでになされている。この問題をK先生が騒ぎたてるせいで、五年生は一学期、ろくに国語などの授業を受けられていない……。なぜ保護者はそのことを問題視しないのか。

一緒に挙手してくれたのは、隣町で子ども会の役員をしている人と、他の学校で教師をしているという保護者の二人だけだった。

保育園から同級生だったママ友たちは、ほとんどが仕事のため欠席しており、出席した数人は波風立てない方針の人たちで掩護はしなかった。私の発言は何の役にも立たず、葵さんたちは、保護者たちの前でほとんど身体を二つ折りにして頭をさげることになった。

しかし、その臨時保護者会のあと、「やり過ぎ」という噂《うわさ》が校区に広まった。噂は教育委員会にまで届いて、校長があらためて五年生とK先生から聞き取りを行なった。挙手仲間の子ども会役員によれば、「テストで、子どもたちの学習遅れがバレないよう点数の水増しをしてたのよ、あの人」といった事実が明らかになって、K先生は一学期末に学校をやめた。

退職理由は病気休養のためで、入院したそうだから、本当に具合が悪かったのだろう。その後、新卒の若い先生が副担任になったが、聡太によれば「K先生の百倍マシ」ということだった。

ただし授業の遅れは深刻で、五年生のほとんどが塾に通っている。

「うちは松田塾に通ってるんだけど、聡太くん、どこの塾に行ってるの？」

松田塾と聞いて、私は気持ちが沈んだ。聡太が勝手にやめた塾だ。

「うちも松田塾だったんだけど、やめちゃってね。どうするか考え中なの」

「そうなんだ。タケルは通いはじめたばかりだから何とも言えないけど、聡太くんはもっと上のランクの塾のほうがいいんじゃない？　算数ができるから」

もしかして聡太が塾に通わなくなったのは、塾のレベルがあってないからだろうか？

一度も考えたことがなかった。今の聡太の成績が今ひとつわからない。

「算数はいいけど、国語はまったく駄目」

聡太は本を読まないせいか、国語がからきしなのだ。読み聞かせもやっていたのに。

「聡太くんは、中学受験するの？」

でてしまった。この話題が。

「今のところは予定はなし」

背伸びすれば私立進学は可能かもしれないが、わたしには覚悟がなかった。中学受験という未知の戦場に飛びこむ覚悟が。

「うちは地元中ね。サッカー部が強いのよ。進路指導もみっちりやってくれるって噂で」

地元の公立中の話題がひとしきりでたあと、私は打ち明けた。

「私は、聡太を一人で留守番させるのが心配なんだ」

「聡太くん、しっかりしてるじゃない」

「最近、O中学の生徒が、親が働いてて留守にしてる小学生のうちに押しかけてるらしいの。職場の人に聞いて怖くなっちゃってね」

「ああ、あの話ね」

美馬さんも深刻な表情になった。

「怖いよね。同学年でも油断できないし。うちはお義母《かあ》さんがいるから安心してたんだけど、買物にでかけた隙に、クロゼットをかき回されちゃって。出入り禁止にしたけど」

心当たりが浮かんできたが、お互い口にはしなかった。暗黙の了解が流れた。美馬さんがため息をついた。

「タケルも、レオくんぐらい成績がよければ、お受験塾に通わせるんだけど」

「お受験しますか。レオくん」

「なんかカタカナ名前のところに通いだしたんだって。サピ、サピエンスとか？」

「ＳＡＰＩＸ？」

「そこ。有名なんだってね。塾のテストに受かったんだって。猛烈に勉強してるそうよ。葵さんは、ケガの功名だって喜んでる」

以前の飲み会で聞いた葵さんの愚痴《ぐち》を思いだした。レオくんの両親は夫婦ともに有名大出身で専門職と有名企業勤めの、いわゆるパワーカップルだ。二人ともレオくんを難関私立中に通わせたいと切望しているのだが、レオくん自身は友だちの多い公立中を希望していて、親の熱意が空回りしている状態なのだと嘆いていた。

ところが、一学期に葵さんが臨時保護者会で集中攻撃を浴びた。レオくんは、地元中学に進学すれば、母親が今と同じ保護者たちと付き合うことになると気づいて、中学受験を決心したそうだ。

「お母さん想いだねえ。さすがレオくん」

「母ちゃーん」

振り返ると、小学校と公園の仕切りの柵ごしに、日焼けした大柄な男の子が立っていた。タケルくんだ。少年サッカーチームの青いユニフォームが汗にまみれている。

「夕飯なに？」

「ねえタケル。母は、たまにはそれ以外の質問を聞きたいんだけど？」

タケルくんは頭をかいて、「あー」と言った。

「そこのバナナをくれたら、何かうまいことを言うかも」

「あんたはゴリラ？」

親子のやり取りに笑っていると、タケルくんが私にペコリと頭を下げた。

「聡太のお母さん、こんにちは」

「こんにちは、タケルくん」

「聡太、明日の校庭開放にくる？　オレらサッカーをやるんだけど、聡太もきて。五年だけでなく、いろんな学年を交ぜてやるから」

校庭開放のときに、グラウンドを占有するサッカーをするのはむずかしい。学年関係なく参加者を集めるのは、タケルくんなりの戦略だろう。

「わかった。聡太に伝えとくね」

「聡太のゲームはみつかった？」

何のことだろうと思いながら、「聡太がゲームをなくしたの？」と訊《たず》ねた。

「えーと、公園の砂場のとこで」

タケルくんのわかりやすい顔に、あれオレなんかまずいことを言っちゃった？　という焦りが浮かんだ。それでも柵ごしに砂場のあたりを指さした。

「オレは練習中だったから、みつかったのかはわかんないけど。『ゲームがなくなった』って聡太が砂場を掘り返してた。竹林《たけばやし》と島田《しまだ》もいたよ」

私は記憶を探った。聡太からゲームカードをなくしたという話は聞いてなかった。そういえば、夏休みの終わりに公園から砂まみれで帰ってきた日があった。あの日のことだろうか。その頃から急に聡太の口数が減ったことも思いだした。

「タケルくん、心配してくれてありがとう」

切り上げどきだったから、どちらともなくベンチから腰をあげた。「またね」と言ってうちに帰った。

聡太はリビングで、ノートパソコンをいじっていた。最近、ゲームをやっている姿をみない。もしかして塾どころではない問題を抱えている？

「何か食べた？」

聡太は無言で首を振った。普段通りの表情で、目はパソコンの画面に向けたままだ。ハーフパンツからやせた膝が伸びている。さっき会ったタケルくんの、全身に筋肉がついた厚みのある身体を思いだした。聡太はタケルくんと比べると、顔も身体も細くて、手足がやたら長い。膝を立てて床に座りこんでいる姿はどことなくバッタを思わせた。

そういえば、私の五つ上の兄も小学生の頃はバッタみたいだったなあと思いだした。兄は中学で鴨居《かもい》に頭をぶつけるほど成長したから、聡太も伸びるかもしれない。

「聡太、その服、小さくなったね。明日、買物にいこうか」

聡太はゲーム画面をみながら、うん、と言った。喜んでいる。会話しながら、夕飯の準備をした。ハヤシライス。私のレパートリーは一週間で一巡する。

鍋の中身がぐつぐつと煮たって美味《おい》しそうな匂いが漂いはじめたころ、聡太がきた。

「さっき公園で、タケルママと話してなかった？」

「ベランダからみてたの？」

「帰りが遅かったから。何の話してたの」

「塾の話とかあれこれ。タケルくんは松田塾に行ってるんだって」

「知ってる」

明日の校庭開放のサッカーの話をすると、聡太は警戒するような表情になった。

「タケルの他に、誰がくるの？」

「誰とは言ってなかった。いろんな学年の子でやるんだって。行ってみれば？」

「どうしようかな」

ハヤシライスはいつもの味で、聡太の前に牛乳、納豆サラダ、ヨーグルトを並べた。どれも身長の伸びによいという食事だ。早寝早起きが基本。それはあまり守れていない。

デザートのリンゴを食べていたとき、ゲームカードの話を切りだした。

「ゲームをなくしたんだってね」

聡太は喉《のど》をつまらせたような顔になった。上目遣いに私の顔をみて、「タケルママが言ったの？」と訊ねた。

「それは秘密。何のゲームをなくしたの？」

聡太の顔が白っぽくなった。リンゴを食べる手は止まったままだ。

「約束する、母は怒らない。何が起きたか知りたいだけ。いつ、どこで誰と何をしてて、そうなったのか、順番に話せる？」

聡太が上目遣いにチラチラ私をみた。本当に怒らないと信じたらしく、うなずいた。

小さな声で何か言ったが、聞き取れない。

「もう一度言って」

「……『聖騎士のための五つの障害《クリンプス》』をなくした」

胃の中で食べたばかりのハヤシライスが急にもたれてきた。

「柏のお祖父《じい》さまから頂いたゲーム？」

聡太の口元がわなないた。暗い目がみるまに濡《ぬ》れて涙があふれ出した。うん、と言ったあとテーブルに突っ伏して泣き出した。

柏のお祖父さまとは、元夫の父だ。今年の春、孫たちの進級と誕生祝いをかねて、元夫の両親が食事会をひらいた。私は出席しなかったが、一流料亭で催された華やかな食事会だったそうだ。『聖騎士のための五つの障害』はそこで聡太がもらった誕生祝いの一つで、うちの家計にはハードルの高い税込み九千円。

「ゲーム機もなくしたの？」

「ううん。ゲームカードだけ……」

『聖騎士のための五つの障害』は、オンライン対戦のため定額の利用料を親の銀行口座から引き落としている。そのせいで、私になかなか言い出せなかったのかもしれない。

「アカウントが乗っ取られたの？」

聡太が泣きながら、かぶりを振った。鼻水まじりの声で言った。

「アカウントはすぐ停止したから、無事」

「さすが聡太ね。なら安心だ」

聡太の背中を撫《な》でたが、背中が硬かった。顔を伏せているが、腕の隙間からのぞいた肌は真っ赤だ。泣きながら怒っている？　事情がありそうだ。

聡太は幼少期から、凝り性でコレクターだった。愛するグッズは専用ケースできちんと管理している。部屋は足の踏み場がないほど乱雑で、学校には毎朝遅刻ぎりぎりに駆け込み、重要な伝達事項は寝る直前に話すという典型的な小学生だが、集中力は高い。

落ちついた頃合いをみはからってアイスをだした。甘いものは怒りと悲しみを癒やしてくれる。私も念のため食べた。

「何が起きたか話してくれる？」

聡太は話した。

夏休みのあいだ、聡太は毎日塾とスイミングを交互に通っていた。

「塾のない日は児童館に行くこと」

私との約束を守って塾が休みの日、児童館にでかけた。ところがその日、児童館は満員で中に入れてもらえなかった。聡太は他のあぶれた子たちと児童館の軒下でゲームをした。警備員に追い払われて、仕方なく公園に向かった。公園には日陰があるからだ。

「うちに帰らなかったの？」

聡太は顔をしかめた。

「竹林がついてきた。それに島田も」

私もしかめっ面になった。竹林くんは保育園からの付き合いで、母親とは親しいが、家に招くときは監視の必要な子どもだ。島田くんは三年のときに転校してきた子で、いい話は聞かない。たいてい竹林くんと一緒にいる。

竹林くんのご両親は真面目な人たちなのだが、レストラン経営の仕事が猛烈に忙しくて、子どもたちは同居の祖母任せになっていると聞いた。お姉さんたちは優等生だそうだが、末っ子の誓志《ちかし》くんにはよからぬ噂があった。

他人の家の冷蔵庫をあけて許可なく飲食し、保護者不在のときは家中をのぞいてまわる。帰ったあと小物がなくなっていたこともある。うちも同じ経験をしていて、そのときは本棚に飾っていたフィギュアがなくなった。それ以降、この二人を家に呼ぶことを禁じている。聡太自身かれらのことが好きではなく、ふだんは避けているのだが、その日は否応《いやおう》なくくっつかれてしまったのだという。

自宅につれていきたくなかった聡太は、公園で遊ぶことにした。砂場の日陰で一人ゲームをしていたとき、竹林くんが「『聖騎士のための五つの障害』を貸して」と言いだした。

聡太は断った。オンラインゲームは、アカウントを登録しなければ遊べない。ゲームカードだけ貸しても無意味だ。だが、一緒にいた島田くんたちが騒ぎだして、ゲーム機ごと貸すしかない空気になった。私は臨時保護者会のときの不気味な圧力を思いだした。

「そのあと……、たけ、ばやしが……、ゲームカードを抜き取って、投げはじめて」

　聡太はしゃくりあげながら言った。竹林くんと島田くんは、聡太が自分のゲーム機から手を離した瞬間、大事なゲームカードを抜き取った。ボールのように投げて遊びはじめたので、聡太は取り返そうとした。そのときカードがみえなくなった。

「そのあとは……、言いたくない」

　私は話題を変えた。

「タケルくんはいつきたの？」

　聡太の緊張がほぐれたのがわかった。

「タケルはサッカーの練習試合をしてたんだ。ぼくが……、ピンチなのをみて、試合中にきてくれた。あいつら『聡太が自分のゲームをなくした』ってウソを言って逃げたんだ」

「そうだったの。悔しかったね」

　聡太がふたたび泣き出して、私も泣いてしまった。聡太は真っ赤になった目を怒《いか》らせ、強い口調で言った。

「それでね、パソコンからゲームのサーバーをのぞいたら、誰かが、ぼくのアカウントにログインしようとしてた。ぼくのとちがうゲーム機で。通知が残ってた」

　ゲーム機を買ったときに、聡太のためにアカウントを作ったことを思いだした。ゲームカードも、製品番号でゲーム機のアカウントと紐付けにしてある。

「二段階認証を設定してるから、ぼくのアカウントには入れない。パスワードを何回か失敗すると、ロックされるんだ。一日たつとまた試せるけど。ぼくのゲームを持ってるやつらは、二台のゲーム機を使っていろんなパスワードを試してるっぽい。学校がはじまってから、午前中はログイン記録がなくて午後二時とか三時だったから、たぶん小学生」

聡太はパソコンから、自分のアカウントへの不正アクセスを見張っていたのだという。

「聡太のゲームカードは誰かが持ってるのね。じゃあ、警察に遺失届をださなきゃ。拾った物を自分の物にするのは犯罪なのよ」

「関係ない人がゲームカードを拾ったとしても？」

聡太は考えこみながら言った。

「その人、警察に逮捕される？」

「泥棒だから」

「じゃあ警察に遺失届をだす。もっと早くママに話せばよかった」

聡太の目にまた涙があふれた。

「ママ、誰かに砂場でのことを教えられても、何にも聞かないで。お願い」

聡太は全部を話したわけではないのだ。相当屈辱的ないたぶりを受けたのではないかという気がした。

「わかった。聡太から話してくれるのを待つよ」

私は息子に言い聞かせた。

「聡太、大勢に囲まれそうになったら、すぐ逃げて。命の危機だから。いつもタケルくんがきてくれるわけじゃない」

「そうする」

聡太をギュッと抱きしめた。聡太は珍しく嫌がらなかった。

「ぼく、松田塾に行きたくない。竹林がくるから」

「行かなくていい」

聡太の心臓が激しく鼓動しているのが感じられた。楽な告白ではなかったのだ。

「明日は、校庭開放に行っておいで」

「あいつら、くるかも」

「タケルくんが参加させないと思うよ」

私は聡太から手を離して、鼻水だらけの顔をティッシュで拭いた。誘ったときのタケルくんの様子について話した。感情を隠せないタケルくんは、竹林くんたちの名前をだすとき、はっきりと嫌悪を浮かべていた。

□

警察に電話して手続きを教わったあと、二人で派出所に遺失届をだしにいった。帰宅して聡太が風呂に入っているあいだに、竹林くんのお母さんの携帯に電話をかけた。竹林芙巳子《ふみこ》さんとはＰＴＡの役員を一緒にしたことがある。控えめで丁寧な女性という印象だ。朝から夜まで働きづめで、帰宅できるのは九時過ぎだと彼女から聞いていた。

呼び出し音が鳴るあいだ、私は心臓が破裂しそうだった。

八回めの呼び出し音のあと、芙巳子さんがでた。私が名乗ると、「ごめんなさい、五分後にかけ直してくれる？」と言われて、待った。五分たたずに向こうからかけてきた。

「夜分遅くに申し訳ありません」

私は謝罪してから、用件を切りだした。

「じつは息子のゲームカードが、誓志くんの荷物に紛れこんじゃったんじゃないかと思いまして」

私は用意していた話をした。二週間前、聡太のゲームカードが見当たらなくなった。あちこち探したがみつからず、落とし物にも届けられていないため、一緒に遊んだ人たちに問い合わせをしているのだと説明した。

「大勢と遊んだそうなので、一人一人に問い合わせてます」

「何のゲームなんでしょうか」

芙巳子さんの声がかすれた。神経質すぎるほど気を遣う人だから、こちらの言いたいことを即座に理解したようだ。

芙巳子さんの背後で、子どもが騒ぐ声が聞こえた。お母さん、と呼ぶ男の子の声。

「『聖騎士のための五つの障害』というゲームです。聡太の名前シールが貼ってあります」

「そうですか。調べてみます」

電話を切られる前に急いで言った。

「実はそのゲームはオンラインで遊ぶものでして、利用料が口座引き落としになってるんです。こちらで調べましたら、紛失後に誰かがログインしようとした記録が残ってました。警察にも遺失届をだしました」

芙巳子さんの声が消え入りそうに小さくなった。

「わかりました。子どもに聞いてみます」

「お手間をおかけしますが、よろしくお願いします」

電話が切れたあと、私は汗をびっしょりかいていた。

□

翌日、聡太は校庭開放にでかけた。仕事中、聡太から『昼、タケルんちで食べていい？』というＬＩＮＥがきた。ＯＫと返事をした。

ひとつ片付いたと思いながら、帰る途中、小学校に寄った。聡太たちはサッカーではなく、公園との柵近くにある水飲み場で遊んでいた。珍しくレオくんの姿をみた。今日は塾が休みらしい。

私に気づいて、聡太がやってきた。

「タケルたちがうちに遊びにきたいって言ってるんだけど、いい？」

「母、これからゴハンを食べるから三十分ほど待って」

聡太はＯＫだってさ、と仲間たちに知らせにいった。昼ご飯をタケルくんちで食べさせてもらったのだから、ピザでも取ろうかと思いながら自宅に向かった。マンションの駐輪場に自転車を入れたとき、エプロン姿の女性に声をかけられた。竹林芙巳子さんだ。

芙巳子さんは、勢いよく頭を下げた。

「いきなり押しかけてすみません」

「私も昨日は、お忙しい時間に電話してしまって。よかったら、うちに」

昨日の件なら、外ではなく家がいいと思ったのだが、竹林さんは固辞した。すぐに店に戻らなければならないのだそうだ。顔色が悪く髪が乱れていて、疲れきった表情をしている。ポケットから、ビニール袋にいれたゲームカードを取りだした。

「聡太くんがなくしたのはこれでしょうか」

ビニール袋の中のカードを一目みた瞬間、全身をみえないバットで殴られた気がした。カードのシール部分がマジックで黒く塗りつぶされていたからだ。それだけでなく踏みつけられたのかケースにヒビが入っている。だが、まちがいなく『聖騎士のための五つの障害』だ。

「先週、子ども部屋のゴミ箱でみつけたんです。金額を教えていただけないでしょうか。弁償します」

竹林さんの声がふるえていた。私は考えた。ゲームカードの買い換えだと、今までのデータを引き継ぐことができない。

「修理できるか確認してから、ご連絡差し上げます」

「このことは夫には内緒なんです。知れば夫がひどく叱りますので……」

竹林くんのお父さんとは子ども会の行事で会った程度だが、芙巳子さんがおそれる理由はわかる気がした。

「わかりました。誰にも話しません」

「本当に申し訳ありませんでした。また電話します」

竹林さんは自転車で帰っていった。話していた時間は五分もなかったが、私はショックのせいで、手足の動きがぎこちなくなっていた。ギクシャクと自宅に戻り、着替えて軽く片づけてから食事をした。聡太にどう説明するか考えつづけた。

三十分後、男子の群れが押しかけてきた。狭いリビングは日焼けした男の子たちでいっぱいになった。聡太に「ピザを取ろうか？」と聞いたところ、「昼がピザだったから別のにして」という返事だった。どこの親も考えることは同じか。食料棚や冷蔵庫を探して、業務用スーパーで買った特売のアメリカンドッグやお菓子の大袋をみつけた。

子どもたちは、持参のコントローラーをゲーム機につないで対戦ゲームをしている。

私は自分の寝室に引っ込んで、ゲーム会社のサイトをみた。相談窓口は平日のみだったので、重則から送られてきた塾のパンフレットを読んだ。別紙の月謝、講習の費用に度肝を抜かれた。月謝は年間六十万から八十万円で、教材費やテキスト代は別。長期休暇講習を含めると、年間百三十万〜百六十万円。ひゃー。

私の薬剤師としての手取りは四百万円前後。今の職場では店長に次いで高い。薬価が下がれば給与が高い方から解雇される可能性があるため、昇給は考えないようにしている。

家計簿を引っ張りだして計算した。あちこち切り詰め、積み立て投資を諦めれば何とか塾費用は払えることはわかった。だが、これは聡太の大学進学用の積み立てだ。塾代に回せば七年後困ることになる。

聡太が「おやつだして」と言いにきた。アメリカンドッグをレンジで温めて、特売のパイナップルを切った。おやつを食べているレオくんに、「塾どう？」と聞いた。

「ガチ燃える」

レオくんによれば、塾の授業スピードは超速くて、今はついていくのに精いっぱいだそうだ。だが、レオくんはやめる気はないという。色白の顔が引き締まって、双眸《そうぼう》に強い光が宿った。

「だって、オレと同じ校舎にいるやつらが、十年後二十年後に大学や仕事で会うんだよ？日本のトップになる連中とさ。絶対勝ち残ってやると思ったね」

口にだして言うところが勝ち気なレオくんらしい。他の子どもたちは、レオくんと私の会話に聞き耳を立てている。

「レオすげえ。偉くなったら奢《おご》って」

「タケルだって、スポーツで日本代表になってるかもしれないじゃん。対等対等」

子どもたちは塾のことをあれこれ話しはじめた。タケルくんら地元サッカーチームの子たちはおおむね松田塾に通い、地元中学に進学予定だ。レオくんが連れてきたクラスメートの鹿島《かしま》くんは、レオくんとは別の受験塾に通っている。鹿島くんは、聡太に自分の通う受験塾を薦めている。

「自習室があって、よその学校のやつと話ができるんだ。面白いよ」

鹿島くんは幼稚園組で、家は資産家だ。子どもたちの中にはじめてみる顔が交じっていた。鹿島くんの塾友だちでケントくん、世田谷住まい。垢抜けた服を着た大人びた子で、親は医者だそうだ。「たぶん医学部を受けるんじゃないかな」と他人事《ひとごと》のように言った。彼はパソコンに詳しく、聡太とパソコン話に熱中している。鹿島くんによれば、ケントくんは塾のトップだそうだ。レオくんが「四時半に解散」と宣言して全員で片づけたあと、一斉に帰っていった。

結局、芙巳子さんから戻されたゲームカードの話は、聡太に出来ずじまいだった。

□

日曜日、元夫が聡太を入塾テストのために迎えにきた。聡太は抵抗しなかった。おそらく昨日の友だちの話に刺激されたのだろう。

私の気持ちもぐらついていた。鹿島くんやケントくんのような聡明な少年たちと学んでいる聡太の姿が頭から離れない。中学受験といっても、私立だけではなく、都立一貫校という選択肢もある。受験について本気で考えよう。パンフレットには安い通信教育のコースもあったはず。

一週間後の日曜日、重則が入塾テストの結果を持ってきた。

「合格」

おおっ、と私と聡太は声をあげた。塾とはいえ合格はうれしい。

私は、テーブルに置かれたテスト結果の紙をまじまじとながめた。てっきり偏差値が書かれたものと思ったが、点数だった。全体での順位が書かれている。四教科総合で、１７７５人中８０１番。

「まん中ぐらいなんだ」と聡太。

「半分以上なら合格だ。オープンテストは、その塾に通ってる子や他塾の子も受けるから、まん中ならよく出来たほうだよ」

重則は、うちにくる前に塾の面談を受けていた。聡太の教科ごとの弱点や長所などを教えてもらったという。

「面談によれば、聡太の算数なら特別クラスに入れるそうだ。ただし、国語は一番下」

特別クラスの費用は高いのだろうか。お金のことばかり気になってしまう。

「夏休みや冬休みも授業があるんでしょ？」

「特別講習は、六年生からだなあ。正月特訓もある」

「算数が85位だ」

聡太が弾んだ声をだした。

「３０１２人中85位！　上位３パーセントだって」

「すごい。松田塾で教わったの？」

聡太はブンブン首を振った。

「何にも。松田先生、授業とかしないんだ。ぼくは、先生に言われて他の生徒の宿題を教えてただけ」

私と重則は顔を見合わせた。

「じゃあ何も教えてもらってなかったの？　国語のドリル学習も？」

「ないよ。何にも」

「ただの補習塾か」

重則が非難の眼差しで私をみた。私もあ然としていた。

「聡太は、学校の勉強には問題がなかったから……。それでいいと思ってたのよ」

学童クラブより安い料金で、子守りがわりに預けられる塾。それが松田塾だと説明を受けた。その通りの内容で、聡太の成績も問題はなかった——。私はまちがっていたの？

「聡太の国語は問題ありだよ。みて」

重則の指が、国語の得点分布図を指さした。

「漢字と熟語は、ほとんど点が取れてない。四年生の範囲が全滅だ」

「四年生のときは授業崩壊してたから」

「先生の責任はもういい。今の状態がまずいんだ。国語はすべての基本だから」

Ｋ先生はどうでもいいと言われて、私は頭に血がのぼった。それから重則が正しいと気づいた。Ｋ先生への非難と愚痴をまくしたててうっぷん晴らしをしても、何も進まない。

重則がつづけた。

「国語を英語に置き換えて説明すると、たとえば英単語を知らない人が、英文の問題をみたとするだろ？　知らない単語のところは、ページに穴があいてるようなものだよね。聡太の国語も同じことになってるんだ。文章中にわからない言葉があるから、全部が読めない。他の教科にも影響する」

「でも、聡太は算数ができるよね」

「抽象的思考力が高いから。それも今だけだ。数的《すうてき》定義の問題に入れば解けなくなる」

私の頭に、聡太が穴だらけの教科書を読んでいる姿が浮かんだ。他の子はちゃんと読める教科書を持っているのに、聡太の教科書だけページが穴だらけ。

思わず息子の顔をみた。聡太は憂鬱《ゆううつ》そうに唇を突きだしている。

「もしかして、聡太が本を読まないのは読めない漢字が多いから？」

不承不承《ふしょうぶしょう》のうん、が返ってきて、私は椅子に座りこんだ。

国語の授業崩壊が、そこまで深刻な事態を引き起こすなんて夢にも思わなかった。そんな状態になるまで、息子をほったらかしにしてしまっていたのだ。罪悪感で胸が痛かった。

「ごめんね、聡太」

「同じ年の連中が、自分の知らない言葉を使ってるのを聞いて、焦ったりとかある？」

重則の問いに聡太が小さくうなずいた。私は聡太の顔をのぞきこんだ。

「だから、新しい塾も行きたくないのね？　新しい塾に入ったら、塾のみんなが何を言ってるのか全然わからないかもしれない。そういうこと？」

今度は、はっきりしたうなずきが返ってきた。重則が明るい声で割りこんだ。

「このあいだ受けた塾は、成績順のクラスだから、周りの子と聡太は似たりよったりだ。知らないことをどんどん質問していいんだ。悪くないだろ？」

聡太は警戒の表情になった。父親が受験を押しつけるつもりだと気がついたのだ。

「ぼく、国語の勉強をするよ。でも中学は地元の公立にいくからね！」

聡太は風呂に入るといって、リビングをでていった。重則が缶ビールを取りだして私の前に置いた。私はまだ放心状態だった。

「テスト代五千円を払った甲斐《かい》はあったろ？」

悔しいが、認めた。聡太のテスト結果で、いろいろと目が醒《さ》めた。

「塾に行かないのは悪い子がいるからだと思ってた。聡太の国語力に、いつ気づいたの？」

「食事会のとき。メニューを聡太に読ませたら、あいつ簡単な漢字も読めなくて。親戚一同大騒ぎになったよ」

だから、重則が受験塾を猛烈に押しはじめたのだ。

「塾費用はうちが持つよ。正確にはうちのオヤジが払う。孫だから直系血族の教育費の費用負担は贈与税かからないから。領収書がぜったい必要だけどね。引き落とし口座も専用のを使ってくれって、会計士が言ってる」

「それは、教育費控除？」

「いや、教育費の家族負担。親が子どもの教育費を払っても贈与税はかからないだろ？それと同じで、祖父母が払ってもいいってこと」

　半信半疑でスマホで検索してみると、重則の言うとおりだった。

「でも、それは、重則さんの他のきょうだいからみれば、不公平に感じるんじゃ」

「了解済み。うちはほら、兄貴たちは私大医学部だから」

　重則の兄は外科医、姉は美容整形外科医をしている。重則によれば、開業医といえど、二人分の私大医学部の費用を払うのは大変だったそうで、彼の文系希望はすんなり受け入れられたのだそうだ。

「相続を念頭にいれると、教育費分が不公平になるだろ。それで、俺に使うはずだった教育費を聡太に回すことで全員の了解を取ったの。教育信託も設定済み。ま、節税だね」

　私はまだテスト結果表の内容を消化中だった。今日みたのは息子のテスト結果なのに、自分が評価を受けたようで動揺が収まらない。

「聡太のやつ、なんで地元の公立中に拘《こだわ》るのかな」

「保育園の頃からの仲間がいるから。聡太は小柄だから、いじめられたりするのよ。でも、保育園からの仲間が近くにいれば助けてもらえるの」

　私は親分肌のタケルくんの話をした。今年の夏、聡太が彼に助けられたことも。

「俺にも覚えがあるよ。聡太ぐらいの歳《とし》のときは、仲間が最優先だった。親より学校より仲間の言うことを聞いてたな」

　でも、とつづけた。

「同じ中学に行ったところで、仲間のままじゃいられない。環境が変わるから」

「地元なんだし、学校が変わっても付き合えることをどう聡太に納得させるかよね」

二人して考えたものの、これという案は浮かばなかった。

□

聡太は、中学受験に抵抗をつづけた。話題にだすと怒るため、うちで受験の話は禁句になった。

ゲームカードは販売元サイトで相談したところ、「修理できるかどうか調べますので、送ってください」と言われて送った。三日後、部品代と送料分で修理が可能だと連絡がきた。千円程度の修理費で済むようだ。

竹林くんのお母さんからは連絡がこなかった。聡太に訊ねると、竹林くんは今週ずっと休んでいると言う。芙巳子さんの携帯に、送料を含む修理費用について伝言を残した。

日曜日の夜更け、芙巳子さんから電話がかかってきた。

「お待たせして申し訳ありませんでした」

ひどく暗い声だった。思わず「大丈夫ですか」と訊ねた。

「じつは誓志が万引きで補導されまして」

衝撃のあまり、ええっ、と声が漏れた。

「ごめんなさい」

「いえ、いいんです」

芙巳子さんが泣き笑いのような声で起きたことを話した。先週の月曜日の朝、子どもたちを学校に送りだそうとしたところに私服の警察官と児童相談所の担当者がきたのだと言う。上の子たちを学校にやり、親子三人で警察官から話を聞いた。

駅前の繁華街に、大きな格安量販店がある。店は、以前から子どもの万引きグループに手を焼いていた。夏休み中の被害額が大きかったことから警察に被害届をだした。防犯カメラの映像からグループ全員が判明した。その最年少メンバーが誓志くんだった。

誓志くんは最初「万引きはしてない」と言った。父親は怒り狂い、担当者らの目の前で誓志くんの頬《ほお》を張りとばした。最終的に万引きしている防犯カメラ映像をみせられて、誓志くんは認めた。それでも中学生たちに強制されたからだと言い張った。十四歳未満のため、児童相談所預かりとなったが、竹林家はその話し合いで大騒ぎで、連絡するどころではなかったのだという。

「大変でしたね」

「私も目が醒めました。自分の育て方のせいだと悩んでたんですが、相談員の方に、誓志本人の性質にそういうところがあるんだと教えられました。そしたら気が楽になって」

「この年頃の男の子は仲間が最優先ですし」

重則から聞いた言葉を口にしていた。誓志くんにとって、自分を認めてくれる仲間は大事なのだろう。私が、臨時保護者会のときに挙手したように大人にとっても仲間は大事だ。

「相談員に転校をすすめられて。夫は反対なんですけど、私はそれもいいんじゃないかと思って。ほら、山村留学とか離島留学とかあるじゃないですか」

「いいかもしれませんね、環境を変えるのは」

「夫が飲み屋さんで喋《しゃべ》ったせいで話が広まっちゃったんです。上の子が学校に行きたくないと言い出して困ってます」

それはひどい、と私が言うと、芙巳子さんはちょっと笑った。ゲームカードの弁償方法について話し合い、電話は終わった。

□

日曜日に、聡太はまた父親に連れられて他所《よそ》の塾の試験を受けにいった。受験はしたくないのに、テストそのものは楽しいようだ。

うちでは国語のドリルを熱心にやっている。有名中の過去問題集がほしいと言われて、中古本をネットオークションで買った。

頃合いをみて、聡太にゲームカードの話をした。黒いマジックで塗りつぶされた悪意の塊のようなゲームカードの画像をみて、聡太は無言になった。

「修理にだしたよ。新品みたいになって戻ってくるって」

聡太はうなずいたが、興味がなさそうだ。

「算数は、一人で勉強できそう？」

聡太はうつむいたまま、首を振った。

「無理。解説の動画をみてもよくわかんない。ぼく、ほんとは算数の才能がないんだ」

五年生が何をいってるのやら。私は笑うのをこらえた。

「四年のとき、たまたまぼく一人が満点取ったことがあって。レオが『算数の天才だ』って言ったんだ。他のみんなも天才扱いするから、天才のフリしようと思って、こっそり勉強してたんだ」

男の子は群れの中で競いあう。リーダーに認められた子は群れでの地位があがる。聡太はテストで満点を取ったことで、仲間に一目置かれるようになった。それが聡太の自信に繋《つな》がったのかもしれない。

「竹林くんはたぶん転校する。でも島田くんたちは地元中に進級する。レオくんや鹿島くんみたいな子たちはいなくなる。タケルくんは中学で運動部に入っちゃうだろうね」

聡太は黙っている。

「中学から生徒を募集してる私立中や都立一貫中なら、全員がゼロからスタート。みんな友だちのいないまっさらな状態で入学してくる。聡太みたいな子が何十人もいるかもしれないよ」

最後の一言は楽観が交じっていたが、聡太は突っ込まなかった。

「うちって私立に行くお金はあるの？」

ど真ん中の質問がきた。

「私には厳しいけど、聡太は行けるよ。柏のお祖父さまが、だしてくれるって」

「塾代も？」

「塾代も。どの塾にする？　レオくんと同じ塾がいい？」

聡太は首を振った。前々から決めていたのだろう。

「ぼくは、鹿島くんが通う塾に行きたい。自習室のあるほう」

そちらも難関校狙いの有名進学塾だ。パソコンで塾のページを呼びだした。

「鹿島くんに誘われたけど、途中から入ったら転校生みたいじゃない？　そう言ったら日曜テストのことを教えてくれた。飛び入りの子も結構くるって」

そうか、塾をためらう最後の障害は時機の問題だったか。わたしは日曜テストのページを探した。午前中テストで、午後はその解説。テキスト代込みで月二万円と消費税。元夫の実家の助けなしでも払える。ホッとしたとたん、聡太がつけ加えた。

「慣れたら、平日のクラスに移りたい」

週三回の平日クラスは年間六十万円。特別講習を含めると年間百三十万円。もうこれは無理。意地をはらずに、元夫側の援助を受けよう。息子本人の望みなら。

私は、子守塾に二十万円以上払ったが、確認を怠ったせいで、聡太の学力に大きな穴をあけてしまった。元夫が大手塾の入塾テストを受けさせるまで、我が子の学力も知らなかった。目先の安さと自分の都合を優先させて、貴重なお金を失い、息子の大切な時間を奪った愚かな親だ。息子の勉強の邪魔をしていた五つの障害《クリンプス》は、Ｋ先生、悪い友だち、聡太の国語力、まずい入塾時機、そしてそのどれより悪い無知で怠慢な私が原因となって起きたものだった。

ため息を一つついて、息子と目を合わせた。

「じゃあ日曜テストに申し込むよ」

聡太はうなずいた。

二千万円の差額

松村比呂美

松村比呂美（まつむら・ひろみ）

一九五六年、福岡県生まれ。二〇〇五年、オール讀物推理小説新人賞最終候補作二作を含む『女たちの殺意』でデビュー。主な著書に『キリコはお金持ちになりたいの』『終わらせ人』『恨み忘れじ』『幸せのかたち』『黒いシャッフル』など。

母からＬＩＮＥが届いたのは早朝六時だった。

――どうしよう……。グッチのバッグをネットで買ったんだけど、偽サイトだったみたい――

短い文から緊張感が漂っている。

母は、孫たちには甘いおばあちゃんだが、自分の物をほとんど買わない人なので、偽サイトで買ったのが、ブランドバッグというのが意外だった。

忙しい朝の時間帯にＬＩＮＥを送ってきたのだから、よほど不安なのだろう。パニック障害の発作がまた起きたのかもしれない。

――お弁当を作ったらすぐに行くから待っててね――

電話で説明を聞くより行ったほうが早い。

麻希《まき》は、高校三年生の娘と、高校一年生の息子の弁当を急いで作り、余りものを自分の弁当箱に詰めた。

「おばあちゃんのところに寄って、そのまま出勤するから、朝ご飯は適当に食べてね」

起きてきた娘の奈緒《なお》に声を掛けると、「おばあちゃん、大丈夫？」と玄関までついてきた。

「ネットショッピングのトラブルだから大丈夫よ」

心配顔の娘に向かって、「私に任せて」とスマートフォンを振った。

麻希は長年パソコンで仕事をしており、スマートフォンについても詳しいほうだと思う。

「よかった。また発作が起きたのかと思った」

おばあちゃん子の奈緒は、安心したようにキッチンに向かった。

パンを焼いて、目玉焼きくらいは弟の分も作るだろう。

夫は単身赴任で栃木に行っており、週末にしか帰ってこない。

十月に入って少し肌寒くなったので、麻希は薄手の上着を羽織って家を出た。実家は車で二十分の距離にある。

古い一軒家の玄関引き戸を開けると、五年前に亡くなった父の革靴が目に入った。

三和土《たたき》の目立つところに置かれたままなので、玄関を開けるたびにドキッとしてしまう。

父の背広にブラシをかけて、靴を磨くのは、母の日課だった。

革靴は、父の出勤を待っているかのように艶《つや》を保っている。父が亡くなってからも、母が毎日磨いているのだろう。

麻希が、そろそろ下駄箱の中にしまったほうがいいのではないかと言ったときも、男物の靴が見えるところにあると防犯になるのよ、と言って、母は片付けようとしなかった。

靴だけではない。父の物は何一つ片付けずに、そのまま置いてある。

「ありがとう。朝早くに悪かったわね」

母は、麻希の顔を見ると両手を合わせた。

パニック障害の発作が起きて以来、母は美容院に行くことができなくなった。髪は自分で適当に切っているようだが、白髪もほとんど目立たず、うまくまとまっている。

「出勤まで時間があるから大丈夫よ。発作は起きなかった？」

靴を脱ぎながら訊《き》くと、母は小さく頷《うなず》いた。

何度か出先で倒れて以来、母は、ほとんど外出しなくなってしまった。

呼吸がしづらくなって、気を失ったとしても、パニック障害で死ぬことはなく、救急車で病院に着いた頃には、症状が落ち着いている場合が多いという。

でも、倒れると周りに迷惑がかかるという思いが強く、外に出られなくなり、家に閉じこもってしまう人も多いらしい。

母は、慣れた道なら散歩もできるし、ゴミ捨てなどにも行けるが、バスや電車に乗ったり、スーパーに行ったりすることはできなくなってしまった。

「バッグは、どのサイトで買ったの？」

麻希がダイニングテーブルに腰を下ろすと、母は自分のスマートフォンを麻希に寄越した。

「今朝は、四時に目が覚めてしまってね……」

母はスマートフォンで、美化活動のボランティアサイトを見ていたという。そこに老舗デパートの閉店謝恩セールと銘打った広告が出ており、実際にその店が閉店することを知っていた母は、何の疑いも持たず、広告のバナーをクリックしてしまったらしい。

ボランティアのページにアップされていたということも、信用してしまったひとつの要因なのだろう。

そのページには、ずらりとブランドバッグが並んでおり、展示品を格安で販売する旨の説明が書かれていた。

バッグひとつずつに丁寧な商品説明があり、写真の上に、「ＳＯＬＤ」の赤い文字が表示されて、人気のブランドバッグから次々に売れていく様子がわかった。

展示品なので一点限り、購入も一人一点というしばりがあった。その時点で、購入できる権利を使わなければ、という気分にさせられてしまったようだ。

気に入ったバッグがあった母は、それもすぐに売り切れてしまうと思い、急いでカートに入れて、必要事項を入力した。郵便番号を打ち込むと、自動的に住所が表示されるのも、通常のオンラインショッピングと同じだったので、疑いを持たずに購入してしまったのだ。

母が手続きを終えたら、そのバッグには、ちゃんと「ＳＯＬＤ」の文字が表示されたというのだから、手が込んでいる。

しかし、時間が経《た》つにつれ、いくら展示品とはいえ、デパートでこんな値引きをするはずがないと不安になってきた。

そのデパートのホームページを検索したところ、『当店を騙《かた》った悪質なショッピングサイトがありますので、お気を付けください』という注意喚起があったというわけだ。

「見るからに詐欺《さぎ》サイトとわかるところが多いけど、確かにここはうまくできてるね」

母が見たサイトはまだ存在しており、麻希が見ている間にも「ＳＯＬＤ」の文字が表示されて、購買意欲を煽《あお》っている。

「デパートだし、代金引換だから安心だと思ってしまったの。買ったのはこのバッグなんだけど……」

母がスマートフォンの画面を指さした。

半円フォルムのレザーバッグで、定価二十三万円の品が二万三千円と表示されていた。

ブランドロゴも目立たず、優しい色合いで母に似合いそうだ。

「いくら展示品だからって、グッチのバッグがこんな値段で売ってるはずないのに……」

母を責める言葉は口にしないようにしようと思っているが、つい本音が出てしまった。

「起き抜けでぼうっとしていたの。代金引換だから、品物が届いても受け取りを拒否したら大丈夫よね？　キャンセルできないか調べたけど、どこにもキャンセルの文字が出てこなくて……」

母は肩を落とした。

「確かめてみるね。どんな情報を入力したの？」

麻希は、母のスマートフォンを操作して、キャンセルできる項目がないか探した。

「住所と名前と携帯の番号、それと携帯のメールアドレスも……」

「クレジットカードの情報を書いてなくてよかった。でもこれから詐欺メールがたくさんくるかもしれないから気を付けてよ。確かにキャンセルの項目がないから、届いたメールに返信するしかないかな」

受注完了のメールが届き、注文番号まで知らせてきているのだから、安心して品物が届くまで待つ購入者も多いだろう。

詐欺サイトで購入した場合、代金だけ支払わせて品物が届かなかったり、届いたとしても作りが雑な粗悪品だったり、ゴミのようなものが送られてきたりした、という話も聞いたことがある。

偽サイトは海外のものが多く、以前は、日本語がおかしくて、詐欺だということがわかりやすかったが、今は翻訳ソフトの技術が向上したせいか、ますます見分けがつかなくなっている。

『デパートのホームページで確認したところ、そちらのサイトと無関係ということが判明したので、下記のバッグはキャンセルします。絶対に発送しないでください。代金引換で品物が届いても受け取りを拒否します』

　麻希は、注文番号と品名、氏名を書いて送信した。文句を書きたいところだが、逆切れされると怖いので、メールの文は抑え気味になってしまう。

　メールは受信されたようで、しばらく経ってもエラーメッセージは戻ってこなかった。

「よかった。ありがとう」

　母の表情が少し明るくなっている。

「念のために、宅配業者にも連絡しないとね。お母さん、ここに電話して、自分でちゃんと説明してね」

　詐欺サイトが指定している宅配業者に電話をかけ、スピーカーフォンにして母に渡した。

「私が説明するの？」

　母は、スマートフォンを麻希に押し付けようとしたが、麻希は両手をうしろに隠して、首を横に振った。

　父が亡くなってから、母の憔悴《しょうすい》ぶりがあまりにひどかったので、緊張して見守ってきたが、心療内科の担当医からは、苦手なことに挑戦するのも治療の一環だと言われた。曝《ばく》露《ろ》療法《りょうほう》という初めて耳にした治療法だった。

　麻希自身も、突然の父の死は堪《こた》えて、しばらくは身の置き所がない不安な思いをしたが、日ごろは無口で仕事を優先している夫が優しく気遣ってくれ、娘と息子が明るくふるまってくれたので、なんとか耐えることができたのだ。

スマートフォンのスピーカーから呼び出し音が聞こえている。

ずいぶん待たされたが、ようやく宅配業者が電話に出た。

「あの、今朝、早くに目が覚めたんです」

そこから説明するのかと、麻希は電話を受けた担当者が気の毒になったが、心の中で頭を下げて、そのまま聞いていた。

「それで、よく訪問するサイトを見ていたら、デパートの広告が出ていて、閉店セールをしていると……」

母は、事細かく説明している。

電話を受けた女性は、母とそんなに変わらない年代なのか、辛抱強く聞いてくれ、「そんなことがあったんですか。怖いですね」と砕けた口調で対応している。

「それで、代金引換の荷物は、うちに配達しないようにしてもらえますか？」

母は、ようやくその言葉を言うことができた。

「代金引換でしたら、受け取りを拒否すれば荷物は発送側に戻りますから、心配いりません」

受け付けた女性は、最後は業者らしい言葉遣いで言った。

　母は、優しく対応してくれた相手と名残惜しそうに挨拶《あいさつ》して電話を切った。

「これで安心ね。でも、クレジットで買っていた場合はどうしたらいいの？」

「クレジットカード情報を入力してしまったら、すぐにカード会社に連絡しないとね。利用を停止してもらって、解約手続きを取らないと」

「大変ね……」

「偽サイトにクレジットカードの番号と名義だけじゃなくて、セキュリティコードまで打ち込んでいたら、そのカードで買い物されてしまうかもしれない。でも、ちゃんとクレジット会社に連絡したら、万が一使われても保険で補塡《ほてん》されるから大丈夫。とにかく、すぐに知らせないと。それと、今回は、デパートにも連絡したほうがいいと思う」

「そこまで必要ないでしょう？」

　宅配業者への電話だけで精いっぱいだったのだろう。母は、もうこの話はおしまい、とばかりに立ち上がって、コーヒーを淹《い》れ始めた。

「じゃあ、私がメールするわね」

　麻希は、母のスマートフォンを使って、デパートのホームページそっくりの詐欺サイトでバッグを買った経緯を書き、対処方法を教えてほしいということも書き添えた。

「ありがとう。お礼に特別なコーヒーをどうぞ」

　母は、来客用のコーヒーカップを麻希の前に置いた。

カフェインはパニック障害の発作を誘発することがあると聞いて以来、母は、ノンカフェインの飲み物しか口にしていない。コーヒー豆は、麻希のために取り寄せてくれているのだ。

「前に、このカップで飲ませてもらったのは、お母さんが副業詐欺にひっかかったときだったかな」

麻希は、バラの絵が描かれたカップを持ち上げた。

「せっかく、美味《おい》しいコーヒーを淹れたのに、いやなことを思い出させないで」

母は、すねたような口調で言った。

「テープ起こしの内職詐欺も、うまい手口だったもの。仕方ないよ」

母が内職詐欺にひっかかったのは、一年前の話だ。

――パソコンがある方は簡単に始められます。

そんな言葉にそそのかされて、母は、五万円の登録料を払ってしまった。

外に出かけられなくなったので、家でできる仕事を探していたのだろう。

登録料は、データを送るための信用料のようなもので、一回、データを文章化すると五万円の報酬を振り込むという説明だった。以降は一カ月に一度のペースでデータが送られてくるので、それを文章化すればいいはずだったのだ。

しかし、最初に送られてきたデータは、何かの講演のようだったが、何の講演かもわからないほど録音状況が悪いものだった。

「家でやれると思って始めたんだけど、聞き取れなくて、私には無理だったみたい」と母に相談されて、そのデータを再生してみたが、雑音の中で講師がぼそぼそと何かつぶやいている音声が流れるだけで、仕事を諦めさせるために作成したものだとしか思えなかった。こんな音声データを聞いて文章にできる人などいないだろう。

　データと一緒に、『今回の仕事ができなかった方には、次の仕事を回すことができません。このデータの文章化を終えられた方に、五万円をお支払いします』という内容の書類が送られてきた。

「誰も聞き取れないようなデータを送って、登録料の五万円を諦めさせるつもりなのよ。泣き寝入りしたくないよね」

　こういう内職詐欺業者は、返金請求してもほとんど応じないという。のらりくらりとはぐらかして、「ちゃんと聞き取って原稿にしている人がいる」などと言うらしい。

　麻希は、業者に、支払った登録料を返金しなければ、マスコミに頼んで取材してもらうつもりだというメールを書いた。

　手紙も何通も送り、これがいかに理不尽なデータか、テレビ局に取材してもらったら一目瞭然だと訴え続けたら、「貴殿におかれましては、能力不足が認められたので、登録料を返金します。すみやかにデータを返却してください」という案内が来て、五万円が送り返されてきた。

母のように、自分の能力不足だと思って諦める人が大多数だろうし、詐欺だとわかっても、人に相談するのが恥ずかしいとか、面倒だと言って、泣き寝入りする人も多いだろう。返金請求しても応じてもらえないことがほとんどだという中、麻希の請求は、よほどうるさかったのだと思う。

その後、その業者は「悪質な内職詐欺」として新聞に取り上げられていた。

「あのときは、五万円が戻ってくるとは思わなかった。今度が二万三千円で、合計七万三千円。麻希のおかげね」

母が言ったとき、スマートフォンが鳴って、メールが届いたことを知らせた。

さすが老舗デパートの対応は早く、ネットショッピングの担当者から返信が届いたのだ。

『お問い合わせいただきました件、ご心配のこととお察しいたします。

弊社は、商号、ロゴ、写真等を不正に使用したショッピングサイトを認識した場合、SNS業者、サーバーの管理会社等に通報し、即座に削除するよう要請しております。

また、弊社は、閉店企画として、ショッピングサイトで海外ブランドを割引販売することは、一切おこなっておりません。

お客さまにおかれましては、まずは、最寄りの警察や消費生活センターなどへご相談くださいますようお願い申し上げます。

クレジット決済された場合は、カード会社に、銀行振込の場合は、警察に相談し、取引銀行に連絡していただきますよう、重ねてお願い申し上げます』

デパートでは、不正サイトを監視し、削除するようにしているけれど、騙《だま》されて購入した人は、それぞれで対応してほしいということのようだ。

「私は、そろそろ仕事に行かないといけないから、お母さんは消費生活センターに電話してね。同じように騙される人が増えないように」

麻希はコーヒーを飲み終えて、壁にかけられた時計を見た。

生活に余裕があれば、母に本物のバッグをプレゼントしたいところだが、マンションのローンと、ふたりの子供たちの塾や部活、将来の教育費のために無駄遣いはできない。

麻希は十一時からパートに行っているが、奈緒が大学に進学したら、フルタイムに変えようと思っている。

ふたりとも国公立の大学に行ってくれそうもないし、県外に出る可能性もある。学費を払いながら仕送りまですることを考えたら不安になってくる。

それでも、マンションを購入するとき、母に援助してもらっているのだから恵まれているほうなのだ。

二千万円の頭金を出してもらったものの、名古屋のマンションは高く、毎月のローンは少ない額ではない。

親の援助もなく、持ち家があり、専業主婦で子供ふたりを私立大学に通わせている人は、どんな魔法を使っているのだろうかと不思議になる。

「仕事前に忙しい思いをさせたわね」

母は、消費生活センターに電話すると約束してくれた。

「大丈夫よ。お母さんにはマンションの頭金を出してもらっているから、このくらいしないとね」

麻希は冗談っぽく言って笑った。

母は、聞こえないほどの声で何か言った。

援助してくれた二千万円の話になると、いつも反応が乏《とぼ》しい。

麻希は、父の革靴に視線を送ってから、玄関の引き戸を閉めた。

＊＊＊

娘の麻希を見送ってから、美代子《みよこ》は玄関に置いてある夫の靴を磨いた。

「そろそろお父さんの靴をしまったほうがいいと思う」と麻希は言うけれど、まだ、夫のものを片付ける気持ちにはなれなかった。

五年前に、夫が命を絶ってから、美代子の中で、夫との時間は止まったままだ。

夫の死後、美代子は外出先で何度か呼吸困難に陥《おちい》って倒れ、パニック障害という診断を受けた。このまま夫のあとを追うことになるだろうと思うほどの息苦しさなのに、検査ではどこにも異常がなく、過度に心配しすぎないように、リラックスするように、というアドバイスを受けて薬を処方された。

薬を飲んでいても、エレベーターの扉が開くのが怖くて、開いたときに人が乗っていると、後ずさってしまう。知らない道の角は、怖くて曲がることができない。頻繁《ひんぱん》に閉塞感に襲われて、自分が押しつぶされるような感覚に見舞われる。

それらの症状は、美代子が夫を起こしに部屋に入った際に、縊死《いし》した夫の姿を見たせいだろうと心療内科の医師は言った。

夫は、定年退職後、嘱託で残ることを希望せずに、新たな仕事に就いた。

高年齢者雇用安定法によって、定年は六十歳から六十五歳に引き上げられたが、経過措置期間だったために、前の会社の定年は六十四歳で、六十五歳まで嘱託《しょくたく》制度が設けられていたのだ。

夫が、「これまで部下だったやつの下で働けるか」と言っていたのは、部下に厳しい上司だったからかもしれない。指導が厳しすぎると、パワハラ問題に発展しそうになったと、本人から聞いたことがある。

しかし家庭では、優しい父親だったし、夫婦仲も悪くなかった。

夫の新しい仕事は、住宅塗装会社の営業だった。前職も住宅関連会社だったので知識はある。営業という新しい職種に挑戦するのもいい刺激になるだろうと、夫は前向きにとらえていた。営業といっても新規開拓ではないし、ノルマはまったくないと聞いていた。

しかし、夫が前任者から引き継いだ途端、取引を切られる、という事態が続いた。

夫が悪いわけではなく、取引先は、他社に乗り換えるタイミングを計っていたのだろう。担当者との長い付き合いがあって言い出せなかったことを、担当者が替わるタイミングで申し出るのはよくあることだと、年下の上司は夫をサポートしてくれたらしい。

夫は、大学を卒業して入った最初の会社で順調に出世をして、自分は仕事ができる人間だと自負していたと思う。定年退職が迫っていたときも、「俺はどこでも通用する」と言って、嘱託の仕事を断ったのだ。

自分が引き継いだせいで会社が不利益を被っているという状況は、夫には耐えがたいものだったのだろう。

連鎖反応のように取引停止の得意先が増えると、年下の上司も夫をかばってばかりもいられなくなり、自分が代わりに得意先に出向いて契約の継続をお願いする、という状況になっていった。

それらは、夫の死後、夫が記録していた営業手帳を見て知ったことだ。

美代子は、手帳を見なくても、夫が新しい仕事になじめていないことには気づいていた。口数が少なくなり、食欲も落ちていたし、体調が悪いと言って仕事を休むことも増えていた。あのとき、自室に閉じこもっている夫を、無理にでも病院に連れて行くべきだった。病院に連れて行くことはできなかったけれど、美代子は何度も、無理をしないでほしい、仕事を辞めてほしいと夫に言っていた。

多い金額ではないが、前の会社で定年退職金も受け取っていたし、一年後には年金をもらえる年齢になる。美代子もパートをしていたので、なんとかなると本当に思っていた。六十五歳になったら、ふたりでゆっくりしましょう、贅沢をしなかったら大丈夫だから、と夫に話していたのだ。

長年契約している生命保険の保険金を見直せば、月々の保険料が安くなることも調べていた。

今のまま、三千万円の死亡保険金を受け取るためには、毎月の掛け金を三万円払う必要がある。死亡保険金を一千万円に減額したら、月々の保険料は一万円台で済む。

それも、長年かけている保険だからこその金額で、六十四歳で、まったくの新規で契約したら、この倍の保険料を支払わなければならないという。

死亡保険金の額を減らしたいと話したら、夫はあいまいに返事をしていた。

家計の節約の話は、夫のプライドを傷つけただけだったのかもしれない。

保険の話をした数日後、なかなか二階から降りてこない夫を起こしに部屋のドアを開けて、ぐったりした夫の姿を見てしまったのだ。

美代子はパニックに陥りながらも救急車を呼んだ。

それからのことはほとんど覚えていない。どうやって麻希に連絡したのかさえ思い出せないほどだ。

かけつけた救急隊員が夫の死亡を確認して警察に連絡したのだと思う。美代子は、麻希に支えられながら、倒れないようにするだけで精いっぱいだった。

夫の死は、美代子が保険金の見直しを口にしたことが引き金になったとしか思えなかった。長年掛けていた保険金なので、自殺でも支払われることを知っていた夫は、家族に少しでも多く遺したいと思ったに違いない。

夫は営業手帳に走り書きの遺書を残しており、状況からも自殺に間違いないということになった。

保険金は、四十九日の法要が終わってしばらくしたころに支払われた。

夫の生前から、娘の麻希はマンションの購入を検討していたので、受け取った保険金の中から二千万円を麻希に渡すことにした。

保険の契約を見直していたら受け取れなかった額だ。その二千万円のために夫が死んでしまったような気がしてならなかった。

美代子は、夫の死後、気持ちがふさぎ、食欲がなくなり、眠れなくなるという、大切な人を突然なくした人が陥ってしまう状況に、すっぽりはまってしまった。夫が好きだった音楽を耳にすると、胸が締め付けられるようになる。夫が好きだった煮物を作っても、喉がふさがったような気持ちになり、一口も食べることができなかった。

美代子がインフルエンザに罹《かか》ったとき、普段は家事を何もしない夫が、仕事帰りにレトルトのおかゆとプリンを買ってきてくれたことがあった。今でも、コンビニのプリンを見ると、夫が買ってきてくれたプリンを思い出して、胸が苦しくなってくる。

楽しいはずの思い出が悲しい思い出になってしまった。

「ご主人との時間が止まったままなのが問題なのですよ。スーツとか靴は、あまりに顔が浮かぶから無理かもしれませんが、ご主人の下着とか、靴下とか、そういうものが入っている引き出しから片付けるのはどうでしょう。スペースができて、そこに自分の物を入れたら、ご主人がいないことを、少しずつ受け入れることができるようになると思います」

医師は、具体的なアドバイスもしてくれた。

でも、夫の引き出しを開けることはできても、その中に入っている物を処分することはできなかった。

あのとき、美代子が保険の話などをしなかったら、夫は命を絶たなかったのではないか、という思いは増殖して消えることはない。もっと何かできたはずなのに、気付けたはずなのに……。悔やんでも悔やみきれない気持ちに押しつぶされそうになって、夫のあとを追いたくなってしまったこともある。

娘家族は、時間が癒《いや》してくれると励ましてくれた。

実際、時が経って、麻希と笑いながら話せるようになったが、夫との時間は止まったままだ。

家で過ごし、訪ねてくる娘家族とだけ接していたら発作は起きない。パニック障害が起きる場所を回避する方法を身につけたので、問題を感じなくなってしまっている。

麻希に教えてもらって、以前からネットバンキングを利用していたので、銀行に行かなくても困ることはあまりない。現金は、月に一度、麻希に頼んで郵便局でおろしてもらっている。

近所にある間口の狭い個人商店とコンビニだけは入ることができるので、買うものを決めて行き、急いで店を出るようにしている。あとは、ネットスーパーで事足りる。

いつ発作が起きるかわからない不安があるので、車の免許も返納した。バスにも電車にも乗ることができず、遠方の心療内科に行くことができなくなった。麻希が何度も車で連れて行ってくれたが、家の中で過ごせば大丈夫なので、クリニックからも薬からも遠ざかっている。

それなのに、どうしてバッグなど買ってしまったのか、自分でも不思議だ。

もしかしたら、気持ちが少し外に向きはじめているのだろうか。スマートフォンでボランティアサイトを見ていると、家から歩いて十分ほどの公園にチューリップの球根を植えるという「緑化ボランティア」があった。

その公園なら、歩いて行けるし、道もよく知っているので、パニックを起こさずに済むのではないだろうか。今日は、宅配業者の担当者と電話で話をしたが、顔が見えないせいか、スムーズに会話をすることができた。あえて苦手なことに挑戦するという曝露療法は、治療の一環として大切だと、心療内科の医師が言っていたが、その一歩を踏み出すのは容易ではなく、付き添ってくれた麻希にもずいぶん迷惑をかけてしまった。

でも、近所の公園ならひとりで行ける。思い切って参加してみようか。このままだと、病院に行くことさえできない。これから先、パニック障害以外の病気になった場合も、受診するのは無理だ。この五年間、歯医者にさえ行っていない。一年後には当番制で、町内会の組長が回ってくるが、パニック障害を理由に断ることができるだろうか。八十代のご夫妻でさえ、てきぱきと組長の仕事をこなしている。

夫の死後、散々頼ってしまった娘家族の負担をこれ以上増やしたくない。克服できるものなら克服したい。

美代子は思い切って、公園ボランティアの参加希望をクリックした。

画面が変わり、日程と、持参するもの、注意事項が書かれているページが表示された。

公園に設置されている物置の中にコテなども揃《そろ》っているので、持参するのは軍手だけでよさそうだ。

緊張しないように、帽子をかぶってマスクもつけ、タオルを首に巻き、庭仕事のときと同じ格好で出かけよう。

美代子は、応募欄に住所と名前、電話番号を記入して送信した。

しばらくして参加受理のメールが届いたが、同時に一通、大手ショッピングサイトからも、「アカウントをご確認ください」というタイトルのメールが届いた。

【誰かがあなたのアカウントで他のデバイスから商品を購入しようとしました。お客様のアカウントは盗難のリスクがあるため、セキュリティ上の理由からアカウントはロックされました。この商品を購入した覚えがない場合は。できるだけ速やかに対処してください。お客様が購入された商品の詳細は、こちらからご確認ください】

九万八千円の商品を購入した人物の名前と住所が書かれている。

具体的な金額を見て、鼓動が激しくなってきた。

今朝、偽サイトでバッグを購入したから、情報がもれたのだろうか。でも、あまりに早すぎる気がする。

麻希は仕事中だ。仕事中でなくとも、麻希に頼ってばかりはいられない。

美代子は深呼吸を繰り返して、もう一度メールを読んでみた。

【この商品を購入した覚えがない場合は。】

読点であるべきところが句点になっている。大手ショッピングサイトでこの間違いはありえない。じっくり読むと、表現がおかしな箇所もあった。

そう思うと、少し冷静になれた。

メールに書かれた住所を検索したら、実際に存在することがわかった。もしかしたら、この名前の人物も実在するのかもしれない。信用させるために悪用されているのではないだろうか。

詐欺サイトでバッグを買ったときに美代子が入力した住所や氏名は、こうして使われる可能性もあるのだ。

バッグの件もあるので、地元の消費生活センターに電話をかけた。

「詐欺サイトで購入してしまったことをご家族に内緒にされる方がいますけど、必ず、話してください。受け取り拒否をしようと思っていても、ご家族が代金を立て替えて品物を受け取ってしまったら、ほぼ、お金は取り返せないと思ってください」

消費生活センターの女性は、自分たちには、詐欺サイトを摘発する権限はないので、それは警察に任せるしかないけれど、なんとか未然に防ぎたいと思っています、と話してくれた。

大手ショッピングサイトからの偽メールは、同様の相談が多数寄せられているという。「詳細はこちらから」などのリンクを、安易にクリックしないようにご注意ください。そこから、個人情報を知られたり、架空請求や不当請求のメールが届いたりする可能性があります、というアドバイスも受けた。

最近は、消費生活センターを騙ったメールまであるという。

消費生活センターが、「個人情報が流出しています」などのメールやメッセージを送ることは絶対にありません。お気を付けください、と念を押された。

個人情報が流出してしまったのではないかという不安があるときに、消費生活センターを名乗ったメールや電話があったら信用してしまったかもしれない。

疑問があったら、自分で電話番号などを調べて確認する、届いたメールに返信しない、安易にリンク先をクリックしない。

担当者と電話で話して、そのことを肝に銘じた。

麻希が家事を終えてゆっくりできるのは午後九時過ぎなので、その時間を待ってから、消費生活センターのことや詐欺メールのことを報告する電話をかけた。

「ショッピングサイトからのメールは、バッグとは関係ないと思うけど、こわいなあ。心配なことがあったら、遠慮しないで連絡してね。ひとりで解決しようとして振り込め詐欺に遭ったりする人が多いんだから」

「さすがに振り込め詐欺は大丈夫よ、と言いたいところだけど、こんなに巧妙だと、いつ騙されるかわからないわね。今日のメールも、どんなものを買われてしまったのか確認したくなって、『詳細はこちら』というところをクリックしそうになったもの」

「私も気をつけるね。スマホやパソコンに強いという思い込みがあって、油断してしまうから危ないよね」

麻希はいつも、最後は自分のことに置き換えて話す。

美代子を責めて終わることがないように気遣ってくれているのだろう。

緑化ボランティアの当日、麻希に参加することを電話で話してから、公園に向かった。

「無理しないでね。疲れが出ないように気を付けて。何かあったら電話してよ。すぐに行くから」

麻希は何度も繰り返したが、美代子がボランティアの集まりに参加することを喜んでいるのがスマートフォン越しにも伝わってきた。

これまでも、慣れた道なら、三十分ほど散歩することができている。

ただ、大勢の人がいると帰りたくなってしまうかもしれないので、集合時間の二十分前に着くように家を出た。

緑の多い公園には、ボランティアらしき人はまだ来ていなかった。

一年中、花が絶えることがない公園を誰が管理しているのだろうと思っていたが、こうしてボランティアが活動して維持していたのか。どこからか助成金が出ているのかもしれないけれど、人力はボランティアで賄っているのだろう。

今は、オレンジ色とピンク色のガーベラが咲き誇っている。

美代子がベンチに腰を下ろすと、公園の反対側の入り口から、ゆったりしたジーンズをはいた、ポニーテールの女性がこちらに向かって歩いてきた。ガーデンポシェットを斜め掛けして、園芸用の手袋をしているので、ボランティア仲間なのだろう。

「はじめて参加します。よろしくお願いします」

美代子はベンチから立ち上がった。

「私は五回目です。前回からお世話係もさせていただいています」

ポニーテールの女性が木村紬《きむらつむぎ》と名乗ったので、美代子も名前を伝えた。

「わからないことがあったら何でも聞いてくださいね」

優しい声が心地よく響いた。白いコットンのシャツが似合っている。

透明感のある人、というのは、こんな人のことを言うのだろうなと思いながら、透き通るような肌を見た。十代にも見えるほどだが、話し方が落ち着いているので、たぶん二十代なのだろう。

「あの、実は私……」

パニック障害のことを、世話係でもある紬に話すことにした。

広い公園だから圧迫感もないし、たぶん大丈夫だと思うが、万一発作が起きても十五分くらいしたらおさまるので、救急車を呼ばないでほしい、日陰で休ませてもらったら大丈夫だから、と伝えておきたかった。それが安心感につながる。

「わかりました。ふたりひと組で植え付け作業をするので、私がペアを組みます。日陰の作業場所もあるので安心してくださいね」

紬は、役割分担の係もしているという。

少しずつ人が増え、全員で十名が集まったが、それぞれ間隔を保って立っているので、圧迫感を覚えることはなかった。

紬と、もうひとりの世話係の女性が、チューリップの球根が入ったネットと移植ゴテ、ペットボトルのお茶を配ってまわった。

土づくりは、前日までにほかのボランティアグループがあらかた終えているので、今日は、その土に十センチほどの深さの溝を掘り、等間隔になるように球根を植えていく作業をするそうだ。

チューリップの球根は、栗のように丸くなっている面と平らになっている面があるので、平らになっているほうを手前に植えてくださいという指示があった。方向を揃えると、出てくる葉の向きが揃ってきれいに見えるという。

紬と美代子は白と赤のチューリップの球根を担当することになった。

間違えないように、向きを確認しながら植えていく。

コツコツやれる作業は楽しい。

横を見ると、紬は、話しかけるように、球根のひとつひとつと向き合ってから植えている。

ときどき、「うん」と頷いているのは、球根の声が聞こえているのだろうか。

そのたびにポニーテールが揺れて、ふわりと草の香りがした。

「いい匂い……」

つぶやくように言うと、紬がポシェットから匂い袋を取り出した。

「リラックスできるハーブの香りです。お嫌いじゃないといいんですけど……」

紬はそう言いながら、匂い袋を美代子の顔に遠慮がちに近づけた。

「好きな香りですよ。匂い袋は紬の生地で作られているのですね」

薄いピンク色の縞《しま》模様が紬の雰囲気に似合っている。

「私の名前にちなんで祖母が作ってくれました。長野県の上田《うえだ》紬だそうです。私のお守りなんです」

紬は、匂い袋を両手で大切に包むようにした。

「おばあさま、センスがいいですね」

「そう言っていただけると嬉《うれ》しいです。祖母のことが大好きなんです。でも私は、そんな祖母にも、ずいぶん心配をかけてしまいました」

何か言いたげな紬の、次の言葉を待っていると、背後から号令のような野太い男性の声が聞こえた。

「球根は、全部で五百個ありますよ！　効率よくお願いします！」

おしゃべりをして、手が止まっているのを見咎《みとが》められたのだろうか。

びくっと体が動き、鼓動が早くなってきた。口の中が渇いて、指先が震えている。

「大丈夫ですか。会長は声が大きいから緊張しますよね」

紬が異変に気付いてくれたが、返事をすることができなかった。

近くにいたボランティア仲間の視線を感じて、息苦しさが増してきた。

紬が制してくれたのか、ほかの人たちが駆け寄ってくることはなかった。

大勢に取り囲まれたら、それだけで意識が遠のいてしまいそうだ。

「お茶を飲んでください」

紬は手袋をはずして、ペットボトルのキャップを開けて渡してくれた。

ひと口飲むと、呼吸が少し楽になってきた。

気持ちを落ち着かせるために、少しの間、目を閉じる。

「ありがとう……」

深い呼吸を繰り返して、なんとかそれだけ言えた。

「指先がしびれていませんか？　関節部分を揉みほぐすと楽になりますよ。関節には悪いものがたまりやすいそうです」

紬はそう言いながら、自分の指の関節を一本一本、揉みほぐしている。手本を見せてくれているのだろう。

ペットボトルを置いて、軍手をはずし、美代子も指の関節を揉んでみた。

そうすることで、血の流れがスムーズになるのか、気持ちがよく、しびれも取れてきた。

「声が大きすぎますけど、会長はとても優しい人なんですよ」

紬の指さすほうを見た。

確かに、目じりの下がった、優しそうな人だ。

「これ、見てください。私のお気に入りの動画なんです」

そう言って紬がスマートフォンの画面を美代子に向けた。

かわいい仔犬たちが寝ている動画だった。音楽も優しい。

美代子の緊張をほぐそうと、あれこれ考えてくれているのが伝わってきた。

「もう大丈夫。楽になりました。でも、紬さんがいなかったら、倒れて、救急車で運ばれていたかもしれない」

美代子は、手を握っては開いて、を繰り返した。

関節部分を揉んだのが良かったのか、手に力が入るようになったので、紬と並んで、球根を植える作業を再開した。

「実は私も、過呼吸で倒れたことがあるんです」

紬が作業を続けながら言った。

「紬さんも？」

「不安神経症と診断されました。その症状から抜け出したくて、いろいろな方法を試したんです」

「そうだったのですか。匂い袋もそのひとつだったのですね。好きな香りを嗅ぐと、リラックスできますものね」

「祖母が作ってくれた袋をほめていただいたので、気持ちが上向きになっています」

紬がそう言ったとき、ふたりの間を、さわやかな風が通り過ぎた気がした。

紬も何かを感じたのか、手を止めて、美代子の顔を見ている。

そのあとで、紬は意を決したように話し始めた。

「不安神経症と診断されたのは、三年前です。長年付き合っていた彼が、北海道に転勤になったのがきっかけでした。一年後には戻れるから、そのときに結婚しようと約束していたんです。彼は、新しい職場に早くなじみたかったのか、宴会の席で、飲めないお酒を口にしてしまいました。酔った彼を会社の人がアパートの前まで送ってくれたそうです。それなのに、なぜか彼は、家の近くの公園に歩いて行って、薄着のまま、ベンチで寝てしまったんです。たぶん、酔いをさまそうとしたのだと思います。十一月の千歳は、氷点下になることもあるのに……」

聞いているだけで苦しくなってきた。熱中症で亡くなるより、凍死のほうが倍ほど多いという話を、どこかで聞いたことがある。

「彼のお母さんに、紬さんが北海道について行ってくれていたら、こんなことにならなかったのにと泣かれました。私が一番思っていたことでした。一緒に北海道に行って、家で待っていたら、彼は公園で酔いをさまそうとしなかったでしょうし、お酒を飲まずに帰ったかもしれません。彼は死なずに済んだんじゃないかと……。自分を責めて、そのときに過呼吸の症状が出て、それ以来、会社にも行けなくなってしまいました」

紬の話を聞きながら、涙が土の上に落ちた。

大切な人をなくした悲しみだけでなく、それが自分のせいかもしれないという苦しみが、二重にも三重にもなって襲ってきたのだろう。

美代子もずっと自分を責め続けてきた。私が保険金の話をしたから、夫は死の決断をしてしまったのだと……。

「不安な気持ちから抜け出すには、土いじりが効果的でした。花が咲くことを想像しながら種をまいたり、球根や苗を植えたりすると、気持ちが上向きになれます。ボランティアといっても、結局、自分のためなのですよね。心が軽くなっていくのがわかります」

紬は、丁寧な作業で球根を植えている。

「話してくれてありがとう。私も……」

美代子は、家族以外には話したことがない、夫の自死の話をした。

紬とふたり、作業をしながら、どれほど涙をこぼしただろう。涙が土と混じっていく。

「今日は勇気を出して参加してよかった。紬さんに会えたから」

美代子は心からそう言った。

「そんなふうに言ってもらえて嬉しいです。私も、美代子さんって呼んでいいですか」

「もちろんよ。若い人に名前で呼んでもらえると元気が出そう」

「じゃあ、美代子さん、いつか会長の家にも行きましょうね。会長のお宅はお花がいっぱいで、ボランティアの作業が終わったら、奥さんが美味しいハーブティーを入れてくださるんです。ガーデンテーブルでくつろがせてもらえますよ。ここから歩いて二十分くらいのお宅です」

紬は、美代子を気遣いながら、ゆっくりした口調で話してくれた。

二十分も知らない道を歩くことはできないし、初めての家を訪問するなど、今の自分にはとても無理だ。でも、ボランティアを続けて自信がついたら、いつか、紬と一緒に会長の家に行ってみたい。

美代子は、紬の顔を見ながら、しっかりと頷いた。

その夜、麻希に報告の電話をかけた。

「お母さん、すごいよ。ボランティアの集まり、楽しかったのね。私も紬さんに会ってみたい」

麻希の声が弾んでいる。

「若い友達ができたし、これからも公園美化のボランティアを続けるつもりよ。花壇の手入れは定期的に必要だし」

チューリップが咲くまでは、責任を持って見守りたい。

咲き終わったら、球根を掘りあげる作業も待っている。

「よかった。ほんとに……」

喜んでいたはずなのに、麻希が涙声になっている。

「麻希にはずっと心配かけてばかりだものね。お父さんが死んだとき、私の発作が起きたから、麻希は私の心配ばかりして、泣けなかったね。つらかったよね」

麻希もあのとき、どれほど泣きたかっただろう。それをずっと我慢させてきたのだ。

「私は大丈夫。お母さんの悲しみに比べたら……」

麻希はそう言いながら、電話の向こうで嗚咽《おえつ》している。

父親が亡くなって以来、麻希がこんなに泣いたのはきっと初めてだろう。

「お父さん、あんまりだよね」

麻希が涙声で言った。

「そうよね。自分だけ楽になってね」

ずっと言えなかった言葉をようやく口にできた。

「残された私たちの身にもなってよね」

麻希はひとり娘で、お父さん子だったのだ。突然の別れは、どれほどつらかっただろう。

「お母さん、奈緒が、前みたいに、おばあちゃんと旅行に行きたいって言ってる」

奈緒も側《そば》にいたようで、「おばあちゃん、行こうね。本当はディズニーランドがいいんだけど、温泉でいいから」と割り込むようにして言った。

「そうね。みんなで行こう。でも、その前に、予行演習してくれる？　近くのショッピングセンターで……」

ショッピングセンターという言葉を口にするだけで息苦しくなってくる。

「お母さんが一番苦手なところだものね。大きな建物で、エレベーターが何基もあって、人がいっぱいいて」

麻希は、曝露療法で、苦手な場所を克服させようとしてくれ、これまでも、何度も付き合ってくれた。

けれど、入り口の自動ドアから一歩も中に入れず、そのまま車で家まで送ってもらう、というのを繰り返してしまったのだ。

「お気に入りの動画を見つけたのよ。ハリネズミがおなかをマッサージされて、目がトロンとなっているの。見ているだけで癒される動画でね。あと、好きな香りを持ち歩くことにしたのよ。それから、指の関節マッサージ」

全部、紬に教えてもらったことだ。

「すごい。それだけ揃っていたら、今度はショッピングセンターの中に入ることができるかもしれないね。新しいバッグを探そうよ」

麻希の声が弾んでいる。

そういえば、詐欺サイトでクリックしたのは、昔、夫がプレゼントしてくれたバッグに似ていたかもしれない。

おしゃれな革のバッグを持って外出するのはまだ無理だけれど、ショッピングセンターで、紬が肩に掛けていたようなガーデンポシェットを買いたい。

美代子は電話を切ってから、二階の夫の部屋に入った。

家の中では落ち着いていられるけれど、夫の部屋に入るときだけはまだ緊張する。

夫は真面目な性格だったので、営業手帳に事細かく仕事のことを書いていた。自信をなくしていく様子が手にとるようにわかって、読むのがつらかった。

営業手帳には仕事のことしか書かれておらず、家族へのメッセージは、最後のページに、「ごめん　死にます」と乱れた字で書かれていただけだった。

死ぬことでしか楽になれなかったのだと思うと、また苦しくなってくる。

夫との時間を進めるためには、少しずつ片付けるしかない。処分することはできなくても、整理することはできるはずだ。

机の上に並べていた筆記具をペン立てに立て、営業手帳は引き出しの中にしまった。

ブックスタンドには「営業の心得」のようなハウツー本が並んでいる。

夫は新しい仕事と真面目に向き合っていたのだ。

一冊手に取ると、自然と開いたページがあった。

メモ用紙に何かの計算が書かれている。

支出と書かれた項目には、食費、光熱費、通信費、交際費などが書かれてあり、その中に、生命保険料というのもあった。書かれた金額は一万円だった。

夫は、一カ月にかかる家計費をざっくりと計算していたのだ。それに十二を掛けて、年間の支出を計算していた。前年度の収入が反映されるので、税金や健康保険料などが高くなるのは仕方のないことだが、合計三百万円で、貯金で十分に賄える額だった。

夫は、美代子が提案したことを考えてくれていた。仕事を辞める選択肢も視野に入れて、生活費の計算をしていたのだ。保険料も減らした額で……。

夫は、金銭的に心配がないことがわかっても、なくした自信を取り戻すことができなかったのだろう。仕事がうまくいかずに会社を辞める、ということは、夫にとって耐えられないことだったのかもしれない。

もっと美代子にできたことがあったはずだ、という思いは一生消えないと思う。

それでも、これからは、麻希に押し付けたようになってしまった二千万円を恨まずに済むかもしれない。

メモ用紙を元の場所に戻して、階下に降りた。

三和土に出したままになっている夫の革靴を、丁寧に磨く。

「長い間、お疲れさまでした」

美代子は大きく深呼吸してから、夫の革靴を下駄箱の中にしまった。

本作品は書き下ろしです。

中公文庫

ここだけのお金《かね》の使《つか》いかた

2022年12月25日　初版発行
2023年９月30日　３刷発行

編　者　アミの会《かい》

著　者　大《おお》崎《さき》　梢《こずえ》／図《ず》子《し》　慧《けい》
永《なが》嶋《しま》 恵《え》美《み》／新《にい》津《つ》きよみ
原《はら》田《だ》 ひ香《か》／福《ふく》田《だ》 和《かず》代《よ》
松《まつ》村《むら》比《ひ》呂《ろ》美《み》

発行者　安部 順一

発行所　中央公論新社
〒100-8152　東京都千代田区大手町1-7-1
電話　販売 03-5299-1730　編集 03-5299-1890
URL https://www.chuko.co.jp/

ＤＴＰ　嵐下英治
印　刷　大日本印刷
製　本　大日本印刷

Published by CHUOKORON-SHINSHA, INC.
Printed in Japan　ISBN978-4-12-207291-6 C1193